Hermann Multhaupt

Wenn der Opa mit dem Enkel

Hermann Multhaupt

Wenn der Opa mit dem Enkel

... und andere Geschichten mit Herz

Butzon & Bercker

**Bibliografische Information
der Deutschen Nationalbibliothek**

Die Deutsche Nationalbibliothek verzeichnet diese
Publikation in der Deutschen Nationalbibliografie;
detaillierte bibliografische Daten sind im Internet
über http://dnb.d-nb.de abrufbar.

Das Gesamtprogramm
von Butzon & Bercker
finden Sie im Internet
unter www.bube.de

ISBN 978-3-7666-1747-7

© 2013 Butzon & Bercker GmbH, Hoogeweg 100,
47623 Kevelaer, Deutschland, www.bube.de
Alle Rechte vorbehalten.
Umschlagabbildung: © Blend Images – Fotolia.com
Umschlaggestaltung: Elisabeth von der Heiden, Geldern
Satz: SATZstudio Josef Pieper, Bedburg-Hau
Printed in the European Union

Inhalt

Wünsche und Sehnsüchte

Glück und Zufriedenheit

Vorwort

„Man muss lesen, Céleste", diese Forderung Marcel Prousts an seine Haushälterin gilt generell und grundsätzlich. Wer sich nur visuell bedient, allein die oft anspruchslosen Sendungen in Fernsehen und Film als Bildungsquelle nutzt, dem entgeht nicht nur das Vergnügen des Lesens und somit die Herausforderung der eigenen Fantasie, sondern er verzichtet auch auf den Anspruch des Wortes, von dem es heißt, dass es seit Anfang der Zeit besteht. Oftmals wird jedoch nur wahllos konsumiert, was als „Bestseller" kreiert und von Medien hochgejubelt wird. Die kleine, stille, hintergründige Beschreibung eines nicht alltäglichen und ungewöhnlichen Ereignisses hat selten noch eine Chance, wahrgenommen zu werden. Denn unsere Welt ist auf Sensationen eingestellt, auf die prickelnde und lautstarke Präsentation des Auffälligen.

Darum geht es in diesem Erzählband nicht. Hier finden unauffällige, hintergründige Begebenheiten ihren Platz. Es sind einfache Geschichten von Menschen, die etwas erlebt haben oder durch äußere, ungewöhnliche Umstände in die Handlung hineingezogen wurden. Weltbewegendes geschieht hier also

nicht, es sei denn, man hält auch eine uner-
wartete Wandlung im Rahmen eines unspek-
takulären Ereignisses für etwas Besonderes.
Diese kurzen, nachdenkenswerten Geschichten aber sind voller Herz. Sie beschreiben Le-
benssituationen verschiedenster Art, dazu
Wunschvorstellungen, Sehnsüchte und Hoff-
nungen, aber auch Enttäuschungen. Erinnerungen an frühere Zeiten leben wieder auf. Ein
unterschwelliger Humor gehört ebenfalls
dazu. Ohne ihn wäre das Leben trist. Und
nicht zuletzt geben auch die Weisheitsge-
schichten in diesem Band Anlass zum Inne-
halten.

Das Buch ist zwar in erster Linie für Senioren
geschrieben, doch auch jüngere Leserinnen
und Leser werden in den Geschichten manches finden, das sie zur Reflexion einlädt.
Denn altersübergreifend gibt es Fragen, die
alle Zeiten überdauern und auch weiterhin
gelten: Wie bestehe ich mein Leben? Was fan-
ge ich mit ihm an? Wie fülle ich meine Le-
bensjahre aus? Nicht zuletzt aber möchte sich
der Band auch als Vorlesebuch empfehlen, mit
dessen Hilfe manche Veranstaltungen des Se-
niorennachmittags bereichert werden können.

Hermann Multhaupt

Vertrauen und Respekt

Der Stromableser

Von einem bestimmten Zeitpunkt an wartete sie auf ihn. Sie ertappte sich dabei, wie sie, im Sessel am Fenster des Wohnzimmers sitzend, die Straße hinunterblickte und nach ihm Ausschau hielt. Vor allem in der kälteren Jahreszeit, wenn die Tage schon gegen vier in die ersten grauen Schimmer der Nacht übergingen, wuchs ihre Erwartung, dass er um die Ecke biegen und auf ihr Haus zusteuern möge.

Meistens war er pünktlich. Eine kalendarische Regelmäßigkeit schien ihm anzuhaften. Einmal, es war in der Woche vor dem zweiten Advent, dessen Lichterketten in den Straßen und ferne weihnachtlichen Melodien sie ihre Krankheit für Stunden vergessen ließ, sagte sie ihm, dass man fast die Uhr nach ihm stellen könnte. Er antwortete mit einem Lächeln und war fast ein wenig verlegen. Ein solches Kompliment, entgegnete er, habe er in seinem ganzen Leben noch nicht bekommen.

Er war etwas über sechzig, wie sie. Er machte sich, wie er andeutete, allmählich mit dem Gedanken vertraut, in den Ruhestand zu treten. Er sei dabei, seinen Hobbys, aus beruflichen Gründen über lange Zeit stiefmütterlich vernachlässigt, wieder einen höheren Stellenwert zu geben. Denn bald würde er wieder Zeit für sie haben, viel Zeit.

Sie hatte beifällig genickt und sich schmerzlich vergegenwärtigt, dass er dann wohl nicht mehr kommen werde. Gesagt hatte sie es ihm nicht.

Er kam nun schon Jahre. Er war darüber, ohne es zu wollen, so etwas wie ein unaufdringlicher Vertrauter, ein zufälliger Begleiter der Familie geworden. Er hatte den Auszug der Familie miterlebt, die Hochzeit des Ältesten, die Abreise der jüngeren Tochter in ein Entwicklungsland in Übersee – den Tod des Mannes. Er hatte gespürt, wie die Leere langsam von dem großen alten Haus Besitz ergriff und die Einsamkeit an den Wänden heraufstieg, wie das Wohnzimmer stillschweigend in ein Krankenzimmer verwandelt worden war, in dem die Liege stand und der mit Wolldecken ausgepolsterte Lehnstuhl. Zwischen beiden bewegte sich nun ihr Leben ... Die nötigsten Einkäufe besorgte eine Nachbarin. Aber sonst kam niemand. Außer ihm.

Wenn er kam, wenn er sie begrüßt und ein wenig mit ihr geplaudert hatte, über das Wetter, die Politik, über das Auf und Ab einer kleinen Stadt, gab sie ihm den Schlüssel für die Kellertür. Die Jahre, in denen das Vertrauen zu ihm

12

gewachsen war, hatten ihn sozusagen zu einem Befugten mit Ortskenntnis werden lassen, zu jemandem, der sich in dem fremden Haus frei bewegen und auch allein in den Keller hinabsteigen durfte. Dort befand sich hinter einer Verkleidung aus Holz der Zählerkasten. Er las den Stromverbrauch ab, notierte die Zahlen und stand wenige Augenblicke später wieder vor der Wohnungstür.

Manchmal wartete sie schon auf ihn mit einer Tasse frisch gebrühten Kaffee. Das kam auf ihren Gesundheitszustand an, ob „die Beine mitmachten", wie sie sich ausdrückte. Zuweilen griff er auch zu, half, wo es nottat, obgleich sein Tagesplan so auskalkuliert war, dass er sich sputen musste, seine „Runde zu machen", wie er das nannte. Hastig trank er dann die Tasse Kaffee, händigte den Kellerschlüssel aus und verabschiedete sich mit einem ermunternden Wort bis zum nächsten Mal.

Eines Tages blieb er aus. Stattdessen brachte die Post einen Brief. „Sehr geehrte Kundin, sehr geehrter Kunde", hieß es in dem unpersönlichen Vordruck. „Wir informieren Sie hiermit darüber, dass wir Ihren Stromverbrauch ab 1. Oktober jährlich abrechnen und zwischenzeitlich monatliche Abschläge erheben werden ... Unser neues Abrechnungsverfahren werden wir aus organisatorischen Gründen ..."

Das Warten strengt an. Das Warten auf jemanden, der nicht mehr kommt. Im Nachhinein kam es ihr vor, als sei er, der Stromableser, ein Bote aus einer anderen Welt gewesen: Er hatte die Stille des Raumes mit seiner humorvollen Stimme gefüllt und mit seinem Lächeln den Alltag einer kränkelnden Frau freundlich gemacht. Vielleicht war er auch ein Engel gewesen, ein Engel in Menschengestalt, der die schmerzhaften Lücken in der Zeit mit seiner Anwesenheit gekrönt hatte.

Wenige Tage später kam ein handgeschriebener Brief: „Ich bin vorzeitig in den Ruhestand versetzt worden. Ein Computer hat meine Arbeit übernommen. Bevorzugte Kunden möchte ich aber auch weiterhin persönlich betreuen. Ist es Ihnen recht, wenn ich einmal die Woche vorbeikomme und Ihre Wünsche ablese ...? Ich garantiere Ihnen einen Sondertarif ..."

Der Schuhputzer

Ein Mann saß, ein wenig müde von dem langen Weg durch die orientalische Stadt, auf einer Bank am Rande der staubigen Straße und ruhte sich aus. Da näherte sich ihm lächelnd ein Schuhputzer, zeigte auf seinen Kasten, den er unter dem Arm trug, und sagte: „Ihre Schuhe sehen recht mitgenommen aus. Ich würde sie Ihnen gern wieder auf Hochglanz bringen."

„Nicht nötig", antwortete der Mann auf der Bank. „Sie würden doch bald wieder schmutzig sein."

„Ich biete Ihnen freundlich meine Dienste an", erwiderte der Schuhputzer. „Vielleicht tut es Ihnen gut, wieder saubere Schuhe zu haben. Ich mache Ihnen auch einen Sonderpreis."

Der Mann schüttelte unwillig den Kopf. „Ich möchte nicht, dass Sie vor mir im Staub knien, verstehen Sie?"

„Und warum nicht? Es macht mir nichts aus."

„Aber mir."

„Das müssen Sie mir erklären", bat der Schuhputzer.

Der Mann wollte sich unwillig abwenden, doch da traf sein Blick die fragenden Augen des Schuhputzers, der sich vor ihm in die Ho-

cke gesetzt hatte und unmerklich den Schuhputzkasten auszuräumen begann.

„Ihre Arbeit hat so etwas ... – etwas Unter-
würfiges, verstehen Sie?"

„Wieso?"

„Sie hocken da vor mir im Staub ... Ich will
nicht, dass sich jemand so erniedrigt, so demü-
tigt. Das ist Ihrer nicht wert."

Der Schuhputzer hörte auf, den Schuhputzkasten auszupacken und hob stolz den Kopf.

„Warum beleidigen Sie mich, Herr? Ich er-
niedrige mich nicht und ich demütige mich
auch nicht. Dass ich vor Ihnen im Staub knie,
ist nicht schandbar. Oder meinen Sie ..."

„Nein, nein, so dürfen Sie das nicht sehen",
versuchte der Mann auf der Bank einzulenken.
„Ich möchte nicht, dass Sie sich meinetwegen
zu meinen Füßen abmühen, begreifen Sie? Zu
den Füßen, wohlverstanden, im Schmutz, so
weit unten. Ich bin kein Herr und Sie sind
nicht Diener."

„Wäre ich ein Friseur", entgegnete der Schuhputzer mit fester Stimme, „so würde ich mich
zu Ihrem Haupte abmühen. Jede Arbeit hat
ihre eigene Mühe und Plage. Aber sie hat auch
ihre eigene Ehrenhaftigkeit. Ganz gleich, wo
sie ausgeführt wird."

„Ich fürchte, ich kann mich nicht verständ-
lich machen", seufzte der Mann auf der Bank.

„Ich möchte Sie nicht beleidigen, im Gegenteil, Ihre Ehre wahren, und Sie missverstehen mich fortwährend."

Der Schuhputzer begann seinen Schuhputzkasten wieder einzuräumen. „Ich wahre meine Ehre, auch wenn ich Ihnen die Schuhe putze. Denn mein Dienst ist ehrenhaft. Sie aber stoßen sich an diesen Verrichtungen. Weil sie Ihnen peinlich sind."

„Genau", rief der Mann auf der Bank. „Jetzt haben Sie mich hoffentlich verstanden. Ich möchte das nicht, verstehen Sie? Ihretwegen."

Der Schuhputzer schwieg einen Augenblick und sah traurig auf den Gesprächspartner über ihn. „Dieser Schuhputzkasten", sagte er schließlich und legte die rechte Hand liebevoll auf den Griff, „ist meine Freiheit. Und da ich frei bin, habe ich meinen Stolz. Sie aber haben fortwährend versucht, mich zu kränken. Ich weiß, nicht absichtlich. Aber – bitte, verzeihen Sie – aus Dummheit. Sie müssen begreifen, dass auch der geringste Dienst seine Ehre und Vollkommenheit hat. Entschuldigen Sie, mein Herr, aber jetzt könnte ich Ihnen die Schuhe nicht putzen, selbst wenn Sie mich darum bäten."

Der Schuhputzer erhob sich, klemmte seinen Schuhputzkasten unter den Arm und entfernte sich nach einer leichten Verbeugung.

Tante Amalies 92. Geburtstag

Sie war so einmalig und einzig auf der Welt, dass die Welt ein Stück ihrer Fröhlichkeit verlustig gegangen wäre, wenn sie Tante Amalie nicht gekannt hätte …

Ach, Sie haben Tante Amalie gar nicht gekannt? Deshalb machen Sie ein so trauriges Gesicht. Macht nichts, ich kann Ihnen Tante Amalie ja noch vorstellen. Posthum, gewissermaßen. Denn Tante Amalie weilt nicht mehr unter den Lebenden. (Jetzt müsste i c h ein trauriges Gesicht machen.) Sie starb vergangenen Herbst, plötzlich und unerwartet, wie es in der Todesanzeige hieß. Aber sie starb nicht plötzlich. Und nicht unerwartet. Sie war auf ihr seliges Ende längst vorbereitet. Sonst hätte sie nicht das Schauspiel ihres letzten Geburtstages inszeniert. Schauspiel, ja, Sie haben richtig gehört. Das letzte Fest ihres Lebens sollte gewissermaßen der Abschied von der Lebensbühne sein.

Sie spielte natürlich die Hauptrolle. Und führte zugleich Regie. Als Statisten wirkten alle Verwandten mit. Sie wollte die Zahl der Mitspieler nicht begrenzen. Niemand sollte ausgeschlossen sein. Selbst ihr bettlägeriger Vetter Eusebio nicht. Sie ließ ihn mit einem

Krankentransporter in ihr Haus schaffen. Haus? Eine Villa über dem Meer. Palmen, Zypressen, Bougainvilleen, wilde weiße Nelken. Abends der Duft von Seetang, das Geräusch der rollenden Wellen, die Gischtschwaden über dem Strand.

Damit ist alles gesagt, um die Wohlhabenheit von Tante Amalie zur Schau zu stellen. Doch machte sie davon selten Gebrauch. Sie protzte nicht mit ihrem Geld. Kontoauszüge verbrannte sie sogleich im venezianischen Kamin. Sie umgab sich unaufdringlich mit dem Nimbus einer Frau von Welt – und war es. Ihr Gatte, Emilio Pintoretto, war bei einem Flugzeugabsturz ums Leben gekommen. Sie besaß Aktien bei Fiat, Patentanteile für eine Trinkwasseraufbereitungsanlage im fernen Arabien sowie Mieteinnahmen aus einem Zwölfer-Wohnblock in Mailand.

Leider war Tante Amalie kinderlos. Dieses Los teilen viele Tanten, die nicht Amalie heißen. Aber ein Kind hätte ihr viel Kummer erspart. Es hätte zum Beispiel nach ihrem Tode alles geerbt. So aber war niemand da, der das Erbe antreten konnte.

Noch aber lebte Tante Amalie, und eine ihrer letzten Aufsehen erregenden Tätigkeiten bestand in dem Versuch, ihr Geld sinnvoll unter die Menschen zu verteilen. Nicht Menschheit, wohlverstanden, denn zum Segen für alle hätte ihr Vermögen nicht ausgereicht. Aber einen Miniteil der Menschheit gedachte sie mit ihrem Geld zu beglücken. Ein Miniteil dieser Menschheit war ihre Verwandtschaft.

Sie glauben gar nicht, wie viele Verwandte Tante Amalie plötzlich hatte, als die Kunde, sie wolle ihren Reichtum vererben, bis in die entferntesten Winkel der Republik gedrungen war! Der Postbote schleppte die Briefe wannenweise ins Haus, und Tante Amalie musste neben ihrer Wirtschafterin und dem Gärtner eine Halbtagssekretärin beschäftigen, um die verwandtschaftlichen Beziehungen klären zu helfen. Manche überraschenden Erkenntnisse taten sich auf; nur die Blutsverwandtschaft mit einem Eskimo wollte Tante Amalie nicht einleuchten.

Tante Amalie hatte trotz ihres Rufes, nämlich eine wohlhabende Frau von Welt zu sein, stets die Tugenden der Einfachheit und Sparsamkeit gepflegt. Sie kleidete sich dezent modern, gab selten rauschende Feste, speiste zweimal im Jahresablauf die Armen der Umgebung, nämlich zu Weihnachten und an ihrem Namenstag, am 10. Juli, indem sie in der Gemeindehalle auftischen ließ, was Land und Meer an Köstlichkeiten bereithielten, und mied an-

20

sonsten die Öffentlichkeit, wenn sie sich vermeiden ließ.

Nun aber ließ es sich nicht länger vermeiden, die Verwandten einzuladen. Tante Amalie dachte ans Sterben. Nicht sofort wollte sie abtreten, nicht sogleich den letzten Seufzer tun. Doch sie war beharrlich entschlossen, ihre Hinterlassenschaft (das Wort war ihr aus der Rechtsanwaltspraxis ihres Vaters geläufig geblieben) zu ordnen. Und zwar wollte sie den ersprießlichen Geldregen nicht gleichmäßig über die Verwandten niederrieseln lassen, sondern nur über die Häupter weniger Einzelner ergießen: Es sollten die würdigsten Vertreter, die vollkommensten Vertreterinnen ihrer nächsten Angehörigen mit dem reichen Erbe bedacht werden.

Aber wer war schon würdig, wer vollkommen? Tante Amalie saß abends oft grübelnd auf ihrem Lieblingsplatz auf der Terrasse neben dem sanft plätschernden Springbrunnen, wenn die Steine noch die Wärme des Sonnentages verströmten, und dachte über Würde und Vollkommenheit nach. War würdig, der erhobenen Hauptes, ein wenig steif und respektvoll, durch die Straßen ging, vor den Menschen den Hut zog und sie mit leichtem Nicken des Kopfes grüßte? War vollkommen, der seine Steuererklärung ohne Tricks ablieferte,

21

jeden Sonntag in die Kirche ging, auf Recht beharrte, wo es ihm zustand, und mit sanftem Augenaufschlag zum Himmel das Wohlwollen des lieben Gottes erwartete?

Es würde schwerhalten, die würdigsten und vollkommensten Erben zu finden. Aber dann hatte Tante Amalie eine glänzende Idee …

Tante Amalie bestellte ihre nächsten Familienangehörigen an einem Freitagabend im September ein. Die entferntere Verwandtschaft und die, die sich ihr ungerechterweise zuzählten, sonderte sie aus wie Spreu vom Weizen. Ihre Villa wäre trotz der 15 Zimmer zu klein gewesen, die Gäste zu beherbergen. Also mietete sie den Saal des Bürgerhauses, der sonst nur zum Ball am Valentinstag oder zum Bullenauftrieb in ganzer Größe genutzt wurde, und ließ die Gäste auf das Köstlichste bewirten.

Derweil saß Tante Amalie schweigend am Kopfende des achtzehn Meter langen Tisches und beobachtete und belauschte mit den Augen eines Habichts und den Ohren einer Waldohreule die große Runde der ihr nach den Gesetzen des Blutes nahestehenden Familienmitglieder. Natürlich standen ihr nicht alle gleich nahe. Den dicken Giuseppe, zum Beispiel, ein Vetter väterlicherseits, konnte sie nicht ausstehen. Glatze und Wabbelbauch, dazu Plattfüße und immer ein lautes Wort im Mund! Nein, eine Zumutung, der Mann. Mit Elvira, ihrer Nichte, erging es ihr nicht anders: Eine Bohnenstange mit einer schrillen Stimme, so schrill, dass die Katzen Reißaus nahmen, langen roten Haaren und blaugefärbten Lippen. Dazu im Mundwinkel ständig eine versilberte Zigarettenspitze mit einem Glimmstängel!

Raucherinnen und Raucher schieden von vornherein aus. Die hielt Tante Amalie für erbungeeignet. Die ruinierten ihre Gesundheit zu Lasten des Gemeinwohls. Tante Amalie dachte nicht daran, für Lungenkranke in Sanatorien aufzukommen.

Aber auch mit den Beltrinis war kein Staat zu machen. Angeheiratete Verwandtschaft aus der Sippe ihres Mannes. Nach dem achten Kind hatte Tante Amalie es aufgegeben, sich die Namen der Mädchen und Jungen zu merken, die das viel zu kleine Haus in einem Dorf südlich von Rom bevölkerten. Alfonso, der Pascha, ließ seiner Frau bei der Arbeit den Vortritt; er zog sich lieber unter die Olivenbäume zum Mittagsschläfchen zurück.

Tante Amalie musterte unentwegt die bunte Schar ihrer Gäste. Nein, niemand, dem sie auf Anhieb ihre Zuneigung schenken könnte.

„Verschwendung, Verschwendung", murmelte sie bei dem Gedanken, einige von ihnen mit dem Segen ihres Erbes beglücken zu müssen.

„Was belieben Tante zu sagen?", flötete die blonde Isabel, die gern auf ihre verwandtschaftliche Nähe zu den Pintorettos anspielte. Sie war die Tochter ihres Schwagers, was sie allerdings auch nicht geistreicher machte.

Über den Zweck der Zusammenkunft hatte Tante Amalie ihre Angehörigen im Halbdunkeln gelassen. Sie war in der Einladung nur andeutungsweise auf ihre Pläne eingegangen. Aber diese Andeutung reichte aus, um jeden der Anwesenden in seligen Träumen zu wiegen. Die Fantasie ersetzte konkrete Hinweise. So war es nicht verwunderlich, dass alle nur ein Bild vor Augen hatten: einen blütenfrischen Geldschein der gehobenen Klasse.

Man heuchelte Zuneigung, Besorgnis.

„Tantchen, schmeckt es dir nicht?"

„Liebe Amalie, hast du noch einen Wunsch?"

„Möchtest du nicht ein Wort an uns richten, liebe Cousine?"

„Wir sind dir ja so verbunden, meine Beste."

Tante Amalie rief den Ober, der nicht wie ein Ober aussah, sondern wie jemand, der noch nie eine Flasche Frascati secco auf einem Tablett jongliert hatte, und flüsterte ihm ein paar Worte ins Ohr. Der falsche Ober zog sich diskret zurück und erschien nach einer Weile mit einem Tonbandgerät, das er vor Tante Amalie auf den Tisch stellte.

Die alte Dame sah es eine Weile an, dann räusperte sie sich und erhob sich umständlich.

„Meine Lieben", sagte sie ohne besondere Feierlichkeit, „ihr seid inzwischen beim Nachtisch, und ich bin euch eine Erklärung schuldig."

„Hört, hört!" Das war der voreilige Francesco, von Beruf Staubsaugervertreter; man sagte ihm nach, dass er schneller rede als seine Geräte arbeiten könnten.

Die Kuchengabeln unterbrachen ihren Weg zum Mund und landeten auf den scheppernden Tellern. Alle Augen richteten sich auf die alte Dame. „Oder möchtet ihr erst den Espresso nehmen?", fragte sie mit scheinheiligem Augenaufschlag. Ein einstimmiger Chor antwortete mit einem energischen „Nein!"

„Also, meine Lieben, ich wollte in meiner Einladung an euch keine Pferde scheu machen, aber ihr ahnt ja den Zweck unseres familiären Zusammenseins. Ich feiere meinen 92. Geburtstag und bin somit in einem Alter, in dem man – unbezahlte Rechnungen begleichen soll."

„Aber Tante Amalie!", rief Giuseppe, während der Eifer ihn vom Stuhl und drei Schritte auf die Tante zutrieb, „du stehst doch in niemandes Schuld!"

„O, du kennst mich nicht, Giuseppe. Gerade bei deinem Anblick quält mich das schlechte Gewissen."

„Ist das wahr?", rief Giuseppe und bekam große Augen. Im Geist sah er einen Tresor voller Geldbündel.

„Wir werden sehen", lächelte Tante Amalie geheimnisvoll und deutete auf das Tonbandgerät vor sich auf dem Tisch. „Ich möchte euch gerecht behandeln, niemanden übervorteilen. Es soll später keiner sagen, die Tante Amalie, Gott hab sie selig, war eine bestechliche Person. Sie hat das Füllhorn nach Gutdünken über ihre Verwandten ausgeschüttet, dem einen mehr gegeben, weil er ihr schöne Augen machte, und dem anderen weniger, weil ihr seine Nase nicht gefiel. Nein, Kinder, das soll man mir nicht nachsagen."

Sie hielt in ihrer Rede inne, um dem Gemurmel der Entrüstung, das sich allenthalben heuchlerisch erhob, Gelegenheit zum Abflauen zu geben, dann fuhr sie fort: „Ich bin kein Hellseher, ich weiß nicht, was in euren Köpfen wirklich vorgeht. Nur das eine weiß ich: Dass ein jeder von euch hofft, das größte Stück

26

des Kuchens zu erhaschen. Um jedoch eure wirkliche Einstellung zu mir kennen zu lernen, habe ich mir erlaubt, mit Hilfe dieses Herrn" – sie blickte zur Seite, und der Ober verneigte sich verlegen lächelnd – „die Gespräche am Tisch mittels eines Tonbandgerätes aufzunehmen. Wenn ihr die Tischdekoration ein wenig beiseiteschiebt, werdet ihr die versteckten Mikrofone entdecken. Ich werde das Band nun abspielen lassen und mich anschließend entscheiden, wer mein Erbe sein wird."

Ein Schrei des Entsetzens brach sich an den Wänden des Bürgerhaussaales.

„Das kannst du mit uns nicht machen!"

„Und ob ich kann, meine Lieben. Ihr wollt doch mein Geld, nicht wahr? Ich muss sicher sein, dass es in ehrliche Hände kommt."

Das Tonband begann sich zu drehen, füllte die lähmende Stille mit den unbarmherzigen, abgebrühten, kaltschnäuzigen, berechnenden Dialogen der falschen Verwandtschaft.

„Warum das Affentheater? Uns allesamt herzubestellen! Diese Launen einer verschrobenen Signora."

„Ich bin ihr nächster Verwandter. Folglich stehe ich an erster Stelle, wenn es ums Erben geht. Ich werde das Testament anfechten, wenn ich zu kurz komme."

„Warum es so weit kommen lassen? Antrag auf Entmündigung – Punktum. Jedes Gericht wird die Geschäftsunfähigkeit der alten Dame bestätigen, wenn es erfährt, welcher Kuhhandel hier ausgetragen wird."

„Ich habe da meine Beziehungen. Es gibt Möglichkeiten, das Alter zu verkürzen und den Tod, na, sagen wir: leicht zu beschleunigen. Es wäre nicht der erste Fall. Allerdings sollte man sicher sein, dass der Kelch der Wohltaten nicht an einem vorübergeht."

„Es gibt da eine Droge. Gleichsam eine Gefügigkeitsmedizin. Eine Tablette abends bei einem Besuch in den Wein und den Kugelschreiber griffbereit. Die unterschreibt dir alles, sage ich dir, blindlings."

„Ein Alfa Romeo muss für mich dabei rausspringen. Mehr verlange ich ja nicht. Sollen sich die anderen um die Penunzen balgen. Aber ein Auto, ja, ein Auto wäre nicht schlecht."

„Seht sie euch an, wie sie da vor Kopf thront und die Gunst der Stunde genießt. Eine Mumie aus einem ägyptischen Königsgrab auf Urlaub. Widerlich, dieser Anblick."

„Widerlich schon. Aber daunenweich gebettet auf Aktien und Mietkonten. Machen wir gute Miene zum bösen Spiel."

Tante Amalie gab dem falschen Ober ein Zeichen, und er stellte das Tonbandgerät ab. „Ja, machen wir dem bösen Spiel ein Ende“, sagte sie mit bleichem Gesicht. „Mumien müssen früh zu Bett – oder wollt ihr mich sofort in meine Grabkammer verfrachten?“

„Aber Tante Amalie, das war doch alles nicht so gemeint. Das war Spaß, ein Jux, ein abgesprochenes Spiel!“, kreischte Isabel.

„Eine abgekartete Sache, jawohl“, nickte Tante Amalie. „Ich hoffe, ihr habt eure Stimmen wiedererkannt. Ich jedenfalls kann sie zuordnen, o ja. Mein Trommelfell vibriert noch von den Worten eurer Zuneigung.“

„Bitte, Tante Amalie, lass dir erklären …“

„Verkauf weiterhin deine Staubsauger, Francesco“, rief Tante Amalie. „Auf Erklärungen verzichte ich. Auf eurer aller Anwesenheit verzichte ich! Ich will euch nicht mehr sehen, habt ihr verstanden? Nicht einmal bei meiner Beerdigung. Los, macht, dass ihr wegkommt!“

Füße scharrten, Stühle stürzten um, die Verwandtschaft befand sich in panischem Aufbruch. Als Letztes von ihr sah Tante Amalie die rot leuchtende Glatze des plattfüßigen Giuseppe.

Niemand von ihnen hat Tante Amalie beerbt. Aber Sie können sich überzeugen, was sie mit

29

ihrem Geld gemacht hat. Wenn Sie die Hauptstraße hinabgehen und in die zweite Querstraße links einbiegen. Dort stoßen Sie auf ein freundliches weißes Gebäude, an dessen Eingang eine Bronzetafel angebracht ist: „Amalie Pintorettos Waisenhausstiftung".

Der alte Großvater und der Enkel

Es war einmal ein steinalter Mann, dem waren die Augen trüb geworden, die Ohren taub, und die Knie zitterten ihm. Wenn er nun bei Tische saß und den Löffel kaum halten konnte, schüttete er Suppe auf das Tischtuch, und es floss ihm auch etwas wieder aus dem Mund. Sein Sohn und dessen Frau ekelten sich davor, und deswegen musste sich der alte Großvater endlich hinter den Ofen in die Ecke setzen, und sie gaben ihm sein Essen in ein irdenes Schüsselchen und noch dazu nicht einmal satt; da sah er betrübt nach dem Tisch, und die Augen wurden ihm nass. Einmal auch konnten seine zitterigen Hände das Schüsselchen nicht festhalten, es fiel zur Erde und zerbrach. Die junge Frau schalt, er sagte aber nichts und seufzte nur. Da kauften sie ihm ein hölzernes Schüsselchen für ein paar Heller, daraus musste er nun essen. Wie sie da so sitzen, so trägt der kleine Enkel von vier Jahren auf der Erde kleine Brettlein zusammen. „Was machst du da?", fragte der Vater. „Ich mache ein Tröglein", antwortete das Kind, „daraus sollen Vater und Mutter essen, wenn ich groß bin." Da sahen sich Mann und Frau eine Weile an, fingen endlich an zu weinen, holten sofort den alten Großvater an den Tisch und ließen ihn von nun an immer mitessen, sagten auch nichts, wenn er ein wenig verschüttete.

Das Märchen gehört zu der Sammlung der Brüder Jacob Grimm (1785–1863) und Wilhelm Grimm (1786–1859).

Freundschaft der Straße

Es war Winterabend und bitter kalt. Über die einsame Landstraße zwischen zwei westfälischen Dörfern ging allein und in Gedanken versunken ein armer, bärtiger Mann. Manchmal sagte er ein paar Verse vor sich hin, er prüfte sie auf Inhalt und Form, wiederholte oder ersetzte sie durch neue Wortspiele. Der Mann war nämlich ein Dichter. Als er eine Weile so gegangen war, gesellte sich ein Hund zu ihm, der sich auf der Landstraße ebenso verloren und verlassen vorkam wie der Wanderer. Der Dichter freute sich, nicht allein unterwegs zu sein. Bei diesem kalten Wetter jagt man zwar keinen Hund vor die Tür, dachte er, aber ich bin doch froh, dass du da bist. Und er streichelte das Tier, das freudig mit dem Schwanz wedelte.

Der Hund trottelte zufrieden neben dem Wanderer her. Sie kamen trotz des Schneetreibens ein gutes Stück voran. Auf einmal näherte sich ihnen von rückwärts ein Auto. Der Dichter, der in Gedanken bei seinen Versen war, bemerkte es nicht, und der Hund, der einen treuen Freund gefunden hatte, mochte nicht von der Seite des Mannes weichen. Der Fahrer des Wagens aber erkannte die beiden wegen des heftigen Schneetreibens zu spät. Zwar riss er das Steuer im letzten Augenblick herum, um den Mann nicht anzufahren – aber dabei überfuhr er den Hund.

Der Hund lag tot auf dem Asphalt, und der Dichter betrachtete ihn wortlos mit traurigem Blick. Der Autofahrer stammelte Worte der Entschuldigung, er habe die beiden zu spät bemerkt. Man sah, dass ihm der Vorgang peinlich war und echt leidtat. Doch der Dichter schwieg und starrte auf das reglose Tier. Der Autofahrer zückte das Portemonnaie und drückte dem Mann einen Fünfzigmarkschein in die Hand. Weil der Dichter aber immer noch nichts sagte, sondern bewegungslos bei dem verendeten Tier verharrte, entnahm der Fahrer seiner Geldbörse einen zweiten Fünfzigmarkschein und stecke ihn dem Fremden zu. Dann bestieg er achselzuckend seinen Wagen und fuhr davon.

Der Dichter bettete das Tier an den Straßenrand und betrachtete es, ohne ein Wort zu sagen. Dann nahm er das Geld, glättete es und schob es unter den Kopf des toten Hundes. Darauf ging er schweigend seiner Wege.

Der Dichter Kurt Tucholsky (1890–1935) hat diese Geschichte in einem Brief erwähnt und bezieht sich dabei auf den westfälischen Dichter und Sonderling Peter Hille (1854–1904) aus Erwitzen im Kreis Höxter in Westfalen, von dem diese Anekdote überliefert ist.

Erinnerungen und Lebenserfahrung

Wenn der Opa mit dem Enkel

Meinem Opa sagt man nach, er sei des Öfteren mit der Zange in der Hand meinen Spuren gefolgt, um die Nägel, die ich mit dem Hammer in Zäune und Balken geschlagen hatte, wieder herauszuziehen. An meine „Schlagfertigkeit" kann ich mich nicht erinnern, wohl aber daran, dass der Opa gern mit den Hühnern zu Bett ging. „Eine Stunde mehr Schlaf vor Mitternacht ist gesünder als zwei nach Mitternacht", pflegte er zu sagen. Moderne Schlafforscher mögen diese Volksweisheit in Zweifel ziehen, doch kam sie mir des Öfteren zugute. Da Enkelkinder in ihrem Schlafbedürfnis den Hühnern gleichgestellt werden und früh in die Federn müssen, geschah es nicht selten, dass ich in Opas Bett „einschlafen" durfte – und er mit mir.

In Großvaters Arm fühlte ich mich geborgen wie in Abrahams Schoß. Aber wer dachte denn gleich an Schlaf? Dafür war der Augenblick zu spannend und der Enkel zu aufgeregt. Es wurde erzählt und erzählt. Denn Großvater war Kapitän gewesen und hatte die Weser von Hannoversch Münden bis Bremen auf alten Raddampfern befahren.

Manchmal betrachte ich die schon leicht vergilbten Aufnahmen, die den Opa auf der Kommandobrücke zeigen – eine hohe, starke Gestalt im schwarzen Rock, die Pfeife im Mundwinkel, die Mütze fest auf dem Kopf. Hinter dem stolzen Dampfer die lange Reihe der „Bockschiffe", die bergwärts geschleppt werden mussten. Wie lange dauerte doch damals eine solche Fahrt ... Wenn in der „Lumeke", im Weserbogen zwischen Beverungen und Herstelle, die schwarze Rauchsäule vor dem grünen Wald in den Himmel stieg, konnten die Leute getrost noch auf dem „Hohen Holze" einen Sack Kartoffeln ernten.

Manche Dampfer besaßen zwei Schornsteine. Die schwitzenden Heizer hatten mächtig zu tun, das gefräßige Feuer unter den Kesseln in Gang zu halten, während ein leichtes Zittern im Rumpf des Schiffes den schweren Kampf der Schaufelräder gegen die Strömung andeutete.

Meine Begeisterung für das Wasser hielt sich bei meinem Großvater in Grenzen. Wer mich damals nach meinem Berufswunsch fragte, dem antwortete ich stolz: „Kapitänleutnant zur See". Worauf der Opa stets einschränkte: „Höchstens auf der Diemel". Da die Diemel im benachbarten Karlshafen als nicht schiffbarer Fluss in die Weser mündet, war mit diesem Urteil alles über meine Qualifikation für die christliche Seefahrt gesagt.

Also blieb ich an Land. Am Feierabend begleitete ich Opa gelegentlich ins Wirtshaus. Er hatte sein Stammlokal, wo er vor dem Abendessen sein Bier trank; hinter dem Tresen stand „Therese". Während er mit der Wirtin die Tagesereignisse besprach, durfte ich Billard spielen, ohne die Geheimnisse der Kugeln zu kennen. Hauptsache, sie verschwanden, vom Stock traktiert, in den vorgesehenen Löchern. Manchmal bekam ich auch ein Bier, ein dunkles. „Therese, gib ihm nur eins. Ist ja kein Alkohol drin", sagte Opa dann wie zur Beruhigung des Gewissens.

An der Seite des Großvaters sehe ich mich während des Krieges noch auf der Straße in Richtung Karlshafen gehen. Er trug eine weiße Binde am Arm und über der Schulter ein Gewehr. Ich bezweifle, ob er damit wirklich hätte umgehen können. Die Patrouille galt den abgeschossenen feindlichen Piloten, die – wie es hieß – sich in den Wäldern und Straßengräben versteckten. Einmal sahen wir – Gott sei Dank recht weit weg – einen Fallschirm zur Erde gleiten, nachdem das Flugzeug in der Luft explodiert war.

Ein Bild steht mir noch deutlich vor Augen: Zwei englische „Lightnings" mit dem Doppelrumpf kreisten über dem Wesertal und setzten zum Tiefflug an, genau das Fenster im

Visier, hinter dem ich mit meinem Großvater saß und hinausschaute. „Opa, versteck dich!", rief ich in panischer Angst, doch der Großvater rührte sich nicht. Dann merkte ich, dass der Angriff nicht uns, sondern dem auf der anderen Weserseite vor dem Haltesignal wartenden Güterzug galt. Der Heizer wurde schwer verletzt. Die Hersteller Heimatchronik hat das Ereignis unter dem 15. April 1943 vermerkt.

Als Opa schon krank und meist im Hause war, blieben ihm seine alten Fahrensleute treu. Kam ein Dampfer vorüber und sah der Steuermann am Ufer jemanden aus der Multhauptschen Sippe, so ertönte nicht selten der Ruf von Bord: „Wat moket der Ole?" – Was macht der Alte? – Der letzte große Wunsch meines Großvaters ging nicht mehr in Erfüllung. „Junge", sagte er zu seinem jüngsten Enkel, „wenn es mir wieder gut geht, dann fahren wir noch einmal die Weser hinunter, von Hannoversch Münden bis Bremen."

Im Schuppen hinter dem Haus lagerten die schmalen Holzlatten für den Fronleichnamsaltar, der jedes Jahr von unserer Familie unter dem riesigen Ahornbaum errichtet und geschmückt wurde. Eine Tante entdeckte eines Tages eine Latte mit meiner noch kindlichen

Handschrift: „Als ich sieben Jahre alt war, ist mein Opa gestorben. Er war so gut für mich."

Das Haus

Die Füße des Alten stapften schwer die rötlich schimmernden Sandsteinstufen hinauf. Bei jedem Schritt klammerte sich seine zitternde Rechte an den eisernen Handgriff der Treppe, und mit jeder Bewegung seines Körpers wuchs das Haus vor ihm steilwandig bis zur Bedrohlichkeit. Sein Blick wanderte, während sich seine Rechte noch immer auf der schwarzlackierten Eisenstange abstütze, an der Fassade empor, über die Fensterzeilen, den Dachsims hin, bis sich seine kleinen wässrigen Augen mit dem grellen Licht des Himmels trafen. Er drehte den Kopf rasch zur Seite, um nicht geblendet zu sein, und nahm gleichzeitig die Spitze des Kirchturms wahr, die glockenähnliche Haube mit dem Hahn, dessen Kopf und Kamm gen Osten wiesen auf das versunkene Grün des Reinhardswaldes zu.

Das Haus lag im Schatten der Kirche, und das hatte ihm Halt gegeben, ihm gutgetan, wenn man darin mehr erkennt als nur den Schutz vor den Wetterstürmen, die durch das Wesertal brausen, und den Regengüssen aus dem zürnenden Himmel.

Der Alte nickte, so als bestätige er seine Gedanken, die ihm durch den Kopf gingen, dann nahm er die letzte Stufe. Er stand nun frei, ohne Stütze, vor der Tür. Der Handlauf endete kurz vor dem Treppenende. Von der Plattform blickte er nur flüchtig in den kleinen Garten, denn seine Hände suchten abermals Halt, und so wandte er sich ab und dem Rahmen der Tür zu. Da stutze der Alte. Er war kurzsichtig, und die Augen tränten oft unter dem Brillenglas, aber die Mesusa erkannte er in freudiger Erregung sofort. Das kleine, schmale messingene Behältnis war schräg am Türpfosten angebracht, in Augenhöhe, damit es jedermann auffiel, und es zeigte abgebildet den siebenarmigen Leuchter, wie der Nagel des kleinen Fingers so groß, und darunter die hebräischen Buchstaben für Gott.

Der Alte lächelte mit einem Hauch von Verwirrung. Wie kam die Mesusa an diese Tür? Sie gehörte einst hierher, zweifellos, denn dies war ein jüdisches Haus gewesen, und es gab kein Haus eines Juden, das seine Besucher und Bewohner nicht mit dem in ihm verkapselten Glaubensbekenntnis empfing. – Doch jetzt?

Heute? Dieses sein Elternhaus war längst in andere Hände übergegangen, im Notverkauf 1942 oder später mit einer beachtlichen Nachzahlung nach Kriegsende im Rahmen der festgesetzten Wiedergutmachung.

Mit zitternder Hand berührte der Alte die Mesusa und neigte den Kopf zum Kuss. Dann strich er mit Zeige- und Mittelfinger über sie hin. „Schaddai", murmelte er, „Allmächtiger". Er sah im Geist das kleine, nach Art der Gesetzesrollen beschriebene Pergamentstückchen zusammengerollt im Gehäuse, zurückgehend auf die im 5. Buch Mose, 6. Kapitel überlieferte Weisung: „Höre, Israel, der Herr ist unser Gott, der Herr allein. Und du sollst den Herrn, deinen Gott, lieb haben von ganzem Herzen, von ganzer Seele und mit all deiner Kraft. Und diese Worte, die ich dir heute gebiete, sollst du zu Herzen nehmen und sollst sie deinen Kindern einschärfen und davon reden, wenn du in deinem Hause sitzt oder unterwegs bist, wenn du dich niederlegst oder aufstehst. Und du sollst sie binden zum Zeichen auf deine Hand, und sie sollen dir ein Merkzeichen zwischen deinen Augen sein, und du sollst sie schreiben auf die Pfosten deines Hauses und an die Tore."

Wie im Traum drückte der Alte die Klingel und wartete angespannt. Er lauschte, als könne er das Geheimnis des Hauses und der wundersamen Fügung, das er hinter der braunen Tür mit den getönten Scheiben vermutete, an verborgenen Atemzügen erkennen. Die Sekunden wähnte er wie Gewichte, die er wider die Zeit gegen seine Uhr stemmte. Schwer atmend gewahrte er Schritte, das Knirschen des Schlüssels im Schloss. Eine Frau öffnete ihm, hübsch, mittelgroß, mit bräunlichem Haar. Ihre Verwunderung erfasste das Greisengesicht mit dem weißen, gepflegten Bart, der starr hervorspringenden Nase und der zurückflutenden Stirn. In den Augen fanden sie sich. „Sie müssen mir nichts erklären", sagte die Frau, noch bevor der Alte zu sprechen begonnen hatte. „Ich habe gehofft, dass Sie kommen."

Die Worte der Entschuldigung, die der Alte sich auf der Zunge zurechtgelegt hatte, wichen überrascht einer Frage.

„Nein, nein", lächelte die Frau, „nicht an Sie persönlich habe ich dabei gedacht. Vielmehr an jemanden aus Ihrer Familie, der ... der überlebt hat und nach vielen Jahren noch einmal an den Ort seiner Geburt, in den Schoß der Heimat zurückkehrt ... Ach, bitte, kommen Sie doch herein."

„Schoß der Heimat" – der Alte lauschte dem Klang der Worte nach. Es machte ihm Mühe, über die Schwelle zu gehen. Die Bilder der Vergangenheit sprangen ihn plötzlich an, und er scheute sich, sie zu zertreten. Hier im Flur, dessen Raufasertapete dem Raum jetzt ein helles, freundliches Aussehen gab, meinte er in aufsteigender Düsternis den Geruch des Petroleums wahrzunehmen, das sich einst in einem Fass abfüllbereit für die Kunden des kleinen Ladens in der Ecke befunden hatte. Der Alte schloss die Augen und schnupperte. Die Frau wartete neben ihm und betrachtete ihn voller Mitgefühl. „Lassen Sie sich Zeit", bat sie. „Sie dürfen nichts übereilen."

Der Alte nickte, ohne die Augen zu öffnen. „Spüren Sie es auch?", fragte er. „Das Salz?" Seine Lippen schnalzten. Und nach einer Weile: „Es riecht noch immer – dort aus der Tonne." Die Hand des Alten wies auf einen Platz, an dem sich ein kleiner Wandschrank befand und die Uhr mit den römischen Ziffern, die längst repariert werden musste.

„Sie sollten sich setzen. Kommen Sie!" Die Frau fasste beherzt den Arm des Alten und führte ihn in eines der Zimmer. Den angebotenen Stuhl nahm er nicht an. Er stand groß und aufrecht unter der niedrigen Decke und sah sich um. „Wie mein Vater", sagte er. „Wie mein Vater. Er stieß auch fast an die Decke, wenn er den Kunden den Zucker abwog oder

Mehl ausschenkte. Hier stand die Theke, hinter der er sich wieselflink hin und her bewegte." Der Alte beschrieb mit den Händen eine Linie, und die Frau versuchte ihm in Gedanken zu folgen. „Er sah zu komisch aus, wenn er die Menschen über den Brillenrand anblickte. Wissen Sie, die Brille saß ihm immer unten auf den Nasenflügeln ..., ja, auf den Nasenflügeln ..." Der Alte lächelte, während er seinen Vater hinter dem Ladentisch hantieren sah.

„Meine Mutter war eine kleine und emsige Frau. Sie bediente meist dort, gegenüber, Manufaktur. Sie maß die Tuche, das weiße Leinen. So manche Aussteuer wanderte durch ihre Hände." Der Alte starrte voller Sehnsucht in den gegenüberliegenden Raum, aber der Einladung, einzutreten und sich umzusehen, lehnte er dankend ab. Er setzte sich schließlich und maß die Umgebung wie ein Zuschauer die Bühne.

„Darf ich Ihnen einen Kaffee anbieten? Eine Tasse Tee?"

Der Alte überhörte das freundliche Angebot, er ordnete die Bilder, die ihn überfluteten. Es war ein langwieriges Puzzlespiel, in dem einiges nicht ineinanderpasste, anderes fehlte – die Jahre, die endlosen Jahre ohne Nabelschnur ... „Sonntags", sagte er und sah in sich hinein, „sonntags kamen die polnischen Sai-

46

sonarbeiter. Gleich nach dem Hochamt in der Kirche kamen sie. Sie arbeiteten auf einem Gut, nicht allzu weit entfernt. Der Sonntag war ihr freier Tag, und sie hatten Zeit einzukaufen. Ihre Wochenration. Es war nie viel.

„Was kostet ein Hering?"

„Einen Groschen", antwortete mein Vater.

„Und was kostet die Soße?"

„Die kostet nichts", sagte mein Vater.

„Dann geben Sie mir Soße."

Die Frau unterbrach ihn nicht, sie überließ den Alten seinen Erinnerungen, sie stand aufmerksam neben ihm und lauschte seinen leisen Worten.

„Ich hatte noch drei Brüder. Ernst fiel im Ersten Weltkrieg. Oktober 1917. Mutter hat seinen Tod nicht verwinden können. Sie stand oft in Gedanken vor dem Ehrenmal, das die Gemeinde ihren Söhnen in der Kirche errichtete, und las immer wieder seinen Namen. Ein jüdischer Name mitten unter Christen, in einem katholischen Gotteshaus. Was später so ungewöhnlich sein sollte, ja, verboten war: Damals fand niemand etwas dabei. Deutschland war unser Vaterland, und Ernst war mit vielen deutschen, mit christlichen Kameraden einen fragwürdigen Heldentod gestorben. – Unsere Familie gehörte zum Dorf wie jede andere, und auch die anderen jüdischen Einwohner waren ein Bestandteil der Bevölkerung. Die Kluft, die tat sich erst nach 1933 auf, als Hitler an die Macht gekommen war und mit ihm die Rassenideologien, die Judenhasser und Gewalttäter."

In der Pause zwischen den Worten schlug die Uhr des Kirchturms hell und eindringlich, so als messe sie die Zeit der Erinnerung, die aus einer gehüteten Ordnung in eine Zeit des Leidens übergegangen war.

„Vater starb bereits im Januar 1927. Er hat das heraufziehende Unheil nicht mehr erlebt. Meine Brüder, inzwischen längst in der Welt, gingen den Weg der Nimmerwiederkehr in die Hölle der Konzentrationslager. Ich habe überlebt. Wozu?" Der Alte hob müde den Blick. „Vielleicht, um diesen Tag zu erleben. Um noch einmal Zeuge zu sein. Nicht in NS-Prozessen, die das Unrecht, das uns Juden zugefügt worden war, nachträglich zu sühnen hofften – sie machen die Toten nicht mehr lebendig. Nein. Zeuge zu sein für die Ordnung dieses Hauses, vielleicht, die uns einst alle wie ein Schutzschild umgab. Mein Gott, wie lange ist das her, und wie viele Länder und Jahre liegen zwischen dieser Ordnung und mir … Ich bin dankbar, dass unsere Mutter den Weg in die Gaskammern nicht mehr gehen musste. Sie war etwas eigenartig geworden, schwermütig, so ganz allein, zeitweise lebte sie in Gedanken in einer anderen Welt. Mag sein, dass man sie deshalb verschonte. Sie starb unauffällig. Ich habe mir später berichten lassen, dass der Bürgermeister sie in christlicher Gesinnung nachts heimlich auf dem Friedhof der Juden bestatten ließ. Das war 1942 streng verboten. Umso höher rechne ich ihm seinen Mut an."

Die Frau legte leise die Hand auf die Schulter des Alten. Es war ein behutsamer Druck, eher scheu, aber er umschloss all ihr Mitleid und ihre Anteilnahme. „Möchten Sie, dass ich mit Ihnen hingebe? Zum Grab Ihrer Eltern?"

„Ich bin bereits dort gewesen, um das Kaddisch zu sprechen, das Gebet für den Seelenfrieden", erwiderte der Alte. „Meine Beine sind zwar lange schon steif und schwer, aber sie trugen mich seltsam leicht wie eine Feder dorthin. Ich habe einen kleinen Stein auf das Grab gelegt, statt Blumen, wie es bei uns Juden Sitte ist, ein bescheidenes Zeichen des Gedenkens und meiner Wiederkehr. Ich war überrascht, wie gepflegt der Judenfriedhof ist."

„Wenigstens dort hat eine gewisse Aufarbeitung der Geschichte stattgefunden", sagte die Frau. „Aber es bleibt noch viel zu tun."

Der Alte erhob sich, streckte sich, dass es schien, seine hohe Gestalt würde die niedrige

Decke berühren. „Wie mein Vater", lächelte er und maß die Distanz mit den Augen. „Ja", fügte er nachdenklich hinzu, „es bleibt viel zu tun. Aber sehen Sie, ich weiß nicht, wer meinen Eltern nach dem großen Krieg einen Gedenkstein gesetzt hat. Über ihren Namen schweben Flügel des Lebensengels – oder sind es die Palmzweige des Friedens? Ich weiß es nicht genau. Jedoch zwischen ihnen steht das Zeichen des Kreuzes, das ja auch ein Zeichen des Friedens und der Erlösung ist, nicht wahr? Jedenfalls dürfte der Grabstein meiner Eltern der einzige sein, der ein christliches und ein jüdisches Symbol auf sich vereint." Und mit einem lächelnden Seitenblick ergänzte der Alte: „So wie dieses christliche Haus das einzige mit einer hebräischen Mesusa sein wird." Wortlos reichten sich beide die Hand. Den Dank für seinen Besuch wehrte der Alte ab. Er ging, als schritte er aus der Zeit in einen noch nicht beschreibbaren Raum. Beim Hinausgehen berührte er noch einmal die Kapsel an der Tür und murmelte dankbar das Wort „Schaddai".

Tante Veronika kommt zu Besuch

Dabei kam Tante Veronika immer gern zu Besuch, auch wenn kleine Spannungen und Misshelligkeiten nicht ausblieben, die nun einmal entstehen, wenn eine unverheiratete ältere Dame, dazu aus dem Lehrberuf, in eine kunterbunte Familie gerät. Tante Veronika traf vorwiegend in der Adventszeit ein, meist um den ersten Dezember herum. Ja, einmal verbrachte sie sogar das Weihnachtsfest in der Familie, doch daran mochte später niemand gern erinnert werden. Tante Veronika hatte einst die jungen Mädchen einer höheren Töchterschule außer in Hauswirtschaft auch in Umgangsformen unterrichtet, wobei es fraglich bleibt, ob die Umgangsformen auch wirklich Bestandteil des offiziellen Lehrplans gewesen sind. Einige wichtige und unumstößliche Regeln des guten Benehmens hatte sie in unsere Tage herübergerettet, und die versuchte sie mit liebenswürdiger Aufdringlichkeit und heldenhafter Ausdauer den Kindern unserer Tage hinter die Ohren zu schreiben.
Es fing damit an, dass sie am vierten Adventssonntag, kaum hatte sie den Zug verlassen, uns in umständlichen und überschwänglichen Worten zu erklären versuchte, wo man beim

Gang über den Bahnsteig einer Dame den Vortritt zu lassen habe, wie sie möglicherweise vom Fahrtwind eines unangekündigt durchrasenden Zuges zu schützen sei, wo man jedoch unbedingt vorausschreiten müsse, damit die Dame nicht gezwungen sei, die Bahnhofstür mit ihren zarten Händen zu öffnen. Treppauf, so belehrte Tante Veronika mit vollendeter Grazie, habe stets der Herr vorauszugehen. Es könne im umgekehrten Falle unschicklich sein, wenn der Blick des Herrn – hm auf die unbedeckten Waden der Dame falle. Treppab jedoch müsse unbedingt der Herr voranschreiten, damit seine kräftigen Arme die Dame beim Stolpern notfalls auffangen könnten. Ich erwähnte schon, dass Tante Veronika nicht verheiratet war.

Inwieweit Tante Veronika den „Knigge" bei ihren Anstandsregeln übertraf oder gar nach Gutdünken korrigierte, entzieht sich unserer Kenntnis, denn niemand in der Familie hat sich je für den Herrn, der solche gesellschaftlichen Vorschriften ausgeklügelt hatte, interessiert.

Wie gesagt, kam Tante Veronika einmal zu Weihnachten. Das Festessen am ersten Feiertag wurde zu einer echten Qual. Wer wem in welcher Reihenfolge etwas anreichte, wann er was nehmen durfte – die Wanderung der Kartoffelschüsseln und Saucieren durch die Hände im Kreuz- und Quer-, im Zickzack-, Aufwärts- und Abwärtsverfahren hatte etwas von akrobatischen Übungen an sich. Besonders schlimm war es, wenn das Besteck nicht an seinem vorschriftsmäßigen Platz lag, wenn etwa die Messerseite – rechts – mit der Gabelseite – links – verwechselt worden war oder die Schneide des Messers nach außen statt zum Tellerrand hin zeigte. „Eher", entfuhr es jemandem aus unserer Familie und brachte den Weihnachtsfrieden ins Wanken, „darf man hier einen Mord begehen, als die Messerkante nach innen legen."

Dabei hatte Tante Veronika natürlich auch ihre guten Seiten, wie ja alle ihre Unternehmungen nach ihren Worten auf das Wohl der Verwandten ausgerichtet waren. Sie unterstützte die Haushaltskasse mit manchen Geldscheinen, die gerade in der Vorweihnachtszeit beim Erwerb der letzten Geschenke für die Familienmitglieder oder beim Kauf des obligatorischen Truthahns willkommen waren. Allerdings wechselte das Geld nie stillschweigend seinen Besitzer, sondern mit der nötigen Betonung ihrer Spendenbereitschaft und Geberlaune gemäß dem Motto: Tue Gutes und sprich darüber!

Tante Veronikas Abreise – denn auch daran

musste sie schließlich denken – vollzog sich meist nach dem gleichen Ritual. „Kind", sagte sie, während sie ihre Koffer packte, wobei jedes Familienmitglied, auch die Erwachsenen, für sie „Kind" war, „nun habe ich euch in den kurzen vier Wochen, die ich bei euch weilte, finanziell ganz schön unter die Arme gegriffen. Und mein Portemonnaie ist fast leer." Dazu lächelte sie weise.

„Ach, Tante", so hieß es dann verlegen und hilfsbereit, „dürfen wir dir die Fahrkarte ersetzen?"

Wir durften. Und sie fügte lächelnd hinzu: „Vielleicht darf ich auch um ein wenig Reisegeld bitten, zwei- bis dreihundert Mark, damit ich unterwegs nicht ganz blank dastehe, falls mal etwas passiert. Ich schicke es sofort nach meiner Heimkehr zurück."

Das aber tat Tante Veronika nie. Wir schrieben es ihrem hohen Alter und ihrer Vergesslichkeit zu. Denn in den Lebensregeln und Verhaltensmaßnahmen des Herrn Knigge ist von einem solchen Kasus nicht die Rede.

Drei Geschichten vom Brot

Immer, wenn sich der Sommer in der Fülle seiner Farben und Gaben zeigt, wenn die Mähdrescher durch die gelben Kornmeere pflügen und sich unter dunstiger Hitzeglocke die Halme trunken dem Schneidmesser beugen, fallen mir drei kleine Geschichten ein – drei Geschichten vom Brot.

Im ersten Bild steht ein Pole vor mir auf, der in abgerissener Kleidung müde über die Dorfstraße kommt. Er ist ein Kriegsgefangener, der vom Tageseinsatz in der Landwirtschaft ins Depot zurückkehrt, ein langsam gehender, ausgemergelter Mensch mit durchfurchtem, stoppelbärtigem Gesicht. An einem der letzten Häuser des Ortes bleibt er stehen, um eine Weile zu verschnaufen. Mit einem grauen Tuch fährt er sich durch das durchschwitzte Haar. Plötzlich öffnet sich die Tür, eine junge Frau eilt die Treppe hinab und steckt dem Gefangenen ein Stück Brot zu, einen Kanten, oder wie man mancherorts auch wohl sagt: einen Knust. Erschrocken wehrt der Mann ab. Er darf nichts annehmen, das verbietet die Lagervorschrift. Aber man darf ihm auch nichts geben, das ist ebenfalls Gesetz. Beide machen sich strafbar, die Frau, wenn sie gibt, der Pole, wenn er nimmt. Strafbar um ein Stück Brot? Hunger schmerzt, Hunger tut weh. Mit zitternder Hand stopft der Kriegsgefangene die Gabe unter seinen zerschlissenen Rock. Der Mann geht auf das Risiko ein, das der unerlaubte Besitz fremder Nahrungsgüter ihn aussetzt. Wenn man das Brot bei ihm findet, setzt es Stockschläge, gibt es Arbeitserschwerung, Einzelhaft. Und auch die Frau riskiert, denunziert und angeprangert zu werden, weil sie sich dem Hunger des „Feindes" nicht verschließen konnte …

Im zweiten Bild geht ein junger Soldat in einer viel zu großen Uniform an mir vorbei. Er hat ein großes staunendes Gesicht, und er sieht kaum über den Kettenkasten des vor ihm ratternden Panzerwagens, so klein ist er. Er ist ein fröhlicher Soldat, denn er lacht nach allen Seiten und winkt den Menschen zu. Er winkt mit der linken Hand, denn in der rechten hält er ein frisch gebackenes, graues Kommissbrot. Wie eine Kostbarkeit liegt es im angewinkelten Arm. Manchmal, wenn er nicht gerade begeistert den Menschen in den Türen und Fenstern zuwinkt, denn er zieht in den Krieg, knabbert er ein Stück vom Brotlaib ab und kaut und schlingt. Und dann lacht er wieder und wischt sich die Krümel mit einer Handbewegung vom Mund. Und das kleiner werdende Brot ruht in seinem Arm wie ein Kind …

Das dritte Bild betrifft mich selbst. Es ist Kaffeezeit. Ich weiß, wenn der Vieruhrzug, der „Beschleunigte", seine weißen Dampfwolken unter dem Solling entlangzieht, gibt es ein Vesperbrot. Aber das Brot ist aus Mais gebacken, es schmeckt mir nicht so gut wie das gewohnte knusprige Roggenbrot, dessen Teig wir zuweilen noch selbst im Trog mengen und in den Ofen schieben. So werfe ich einmal kurzentschlossen den Brotersatz über Nachbars Gartenzaun. Die Tat bleibt nicht unentdeckt, denn ich habe nicht mit den scharfen Augen meiner Mutter gerechnet. Ein paar Scheltworte treiben mich über den Lattenzaun, das Stück Brot zu suchen. Großvater kommt mir zu Hilfe. Eine halbe Stunde stapfen wir durch das hüfthohe Gras, dann haben wir es gefunden. Brot ist kostbar in jener Weltkriegszeit.

Brot ist heute so kostbar, dass es, weggeworfen, einen ganzen Container füllt. Einen Plastikeimer voll sammelt der Hausmeister der benachbarten Schule jeden Tag unter den Bänken und aus den Papierkörben zusammen. Kein Gefangenenbrot, kein Kommissbrot, kein Maisbrot …

Den Engeln anvertraut

Immer, wenn er an die Straße dachte, an jene bestimmte Straße, erschien sie ihm wie ein langes, schmal auslaufendes Band, auf das er aus luftiger Höhe herabsah wie in das Trogtal eines Flusses, der geradewegs, nur einmal durch eine größere Krümmung durchbrochen, von Westen nach Osten dahinfloss. Zu beiden Teilen des Tales schossen die Häuser auf, ragten wie eine steile Böschung vier, fünf Stockwerke empor, nur dass sie nicht mit Frühlingsgras oder dem satten Grün des Sommers bewachsen waren, sondern vom Grau des Mauerwerks bestimmt wurden, von einem Graugansgrau, wie er es nannte, und die Übergänge von einem Gebäude zum nächsten waren nicht an der Farbe, sondern nur an den senkrecht abstürzenden Wasserrinnen der Dächer erkenntlich, so nahtlos fügte sich die Farbe dem rauen Putz.

Dieses Bild also blieb in seiner Erinnerung, und es füllte sich, wenn er an die Straße dachte, mit dem Leben einer etwas abgelegenen Verkehrsverbindung, über die weder Autos jagten noch Straßenbahnen kreischten, sondern wo es noch den Schwatz beim morgendlichen Einkauf und das Geläut der Milchmannsglocke gab. Man kannte sich; zumindest die Alteingesessenen waren sich vertraut mit ihren Gesichtern, mit ihren Krankheiten und Familiengeschichten, und sie tauschten sich aus an den Straßenecken, mit lebendiger oder stummer Gestik, mit feuchten und lachenden Augen, bis das Angelusläuten von der nahen St.-Elisabeth-Kirche, deren grüne Doppelturmdächer sich aus dem Grau hoben wie die Ulmen und die backsteinrote Schule nebenan, sie in ihre Häuser und an den Mittagstisch zurückrief.

Die Straße hatte ihre Geräusche und ihre Gebräuche, sie lebte nach ungeschriebenen, aber festgefügten Normen, weil die Menschen in ihr das Leben nach einer inneren Ordnung gestalteten. Diese Ordnung hatte etwas Unruhigmachendes, zumindest empfand er sie so, denn dem Bild der Beschaulichkeit, Anmut und Harmonie verbreitenden Umgebung fühlte er sich nicht so recht zugehörig. Er war jung, er durchschaute noch nicht die Zusammenhänge, die das Leben verwob, wohl erahnte er sie, doch sein Blick haftete noch an der Oberfläche der Straße, er sah die Fassade, das Grau, und in diesem Grau schienen sich die Menschen und ihr Treiben farbig abzusetzen, farbig, aber doch nicht warm und greifbar für ihn. Er fühlte sich zu diesem Bild hingezogen und zugleich von ihm abgestoßen, er glaubte sich fremd und hätte doch gern zu ihm gepasst. Denn er hatte mit nichts von dem aufzuwarten, was der Ordnung dieser bürgerlichen Gebundenheit entsprach oder entgegenkam. Denn Ordnung war für ihn so etwas wie ein Stück gesetzten Stolzes oder wie Erfolg, sei es in Schule oder Beruf, doch auf Gelungenes konnte er nicht zurückgreifen. Er hatte Enttäuschungen hinzunehmen, ja, er war erfolglos geblieben. Er litt an den Zuständen und am meisten an sich, und diese Lage drängte ihn still und sanft an den Rand der Wirklichkeit. Zugleich mit seiner Niedergeschlagenheit, seinem inneren Verlassensein, seinem isolierten und von den Geräuschen und Gebräuchen der Straße losgelösten Leben entdeckte er in sich eine zunehmende Bereitschaft hinzuhören auf das, was sich um ihn herum entfaltete, was sich auftat an Worten, Gedanken, Farben und Gerüchen. Er nahm sie auf wie ein Dürstender, der Sehnsucht hat nach Gemeinschaft mit der unumstößlichen Ordnung dieser Straße, die ein Stück seiner Welt war, und er trachtete danach, Teil dieser Straße zu sein oder doch Anteil zu haben an der Fülle ihrer Tage und Nächte. Er hatte sich längst angewöhnt, das, was er sah, was er beobachtete und was ihm widerfuhr, zu notieren und aufzuschrei-

60

ben. Flüchtig erst, und zu Anfang wohl auch ein wenig oberflächlich, dann aber mit zunehmendem Ernst, der in konzentriertes Schaffen überging.

Er sah die Dinge mit den Augen des Dichters, er beschrieb sie mit den Farben seiner Worte, und gelegentlich schien es ihm, als könne er sich dabei nicht einmal des gewöhnlichen, abgeschauten und angeeigneten Handwerkszeugs bedienen, sondern als müsse er Neues schaffen, seinen Stil finden, seine Eigenart, seine Sichtung und Deutung der Welt. So nahm die Straße plötzlich einen neuen Raum in seinem Dasein ein, sie gewann eine neue Dimension, sie war nicht nur Trogtal, die Böschungen der Häuser wichen vom Uferrand zurück, und die Stadt tat sich auf, und die Landschaft weitete sich unter der glühenden Sonne des Lebens.

Aufgehoben sein – dachte er, aufgehoben und angenommen, auch außerhalb der gängigen, aufgepfropften und allgemeinverbindlichen Ordnung, die eine Richtschnur war, ein Halt für achthundert, für tausend Menschen in seiner Straße – das wäre ein Trost … Denn wie er jetzt eine neue, eine etwas überhöhte Welt – wie es ihm schien – zu gestalten bemüht war, die er in das Netz seiner Worte fing und die er mit den Tönen dieser Worte zum Klingen zu bringen versuchte, so erkannte er plötzlich, dass er niemals Teil dieser um ihn ausgebreiteten Ordnung sein und auch nie Teil der Geräusche und Gerüche seiner Straße werden würde. Dieser Gedanke stimmte ihn traurig, ja, wehmütig, aber auch in dieser Wehmut lag ein Anflug von Eitelkeit und verhaltenem Stolz. – Er ging den Weg, den er gehen musste, unsicher und schwankend zuweilen und nicht immer so gradlinig wie das Basaltpflaster in seiner Straße. Dieser Weg führte ihn mit der Zeit aus der Straße und aus der Stadt hinaus ins Ungewisse. Die Entfernung wuchs mit jedem Schritt, und die Straße seiner Jugend wurde darüber klein und rückte von ihm ab, je weiter er ging.

Nach über zwanzig Jahren kam er zurück. Die Straße war noch immer seine Straße, und sie war es doch nicht. Er war größer geworden und ein wenig erfahrener und somit weiser in all der Zeit. Die Jahre hatten ihm den Blick geweitet für Dinge, die im Verborgenen zu suchen sind, für die Schätze und Schatten der Häuser und Winkel. Und obgleich er mit einer gewissen Scheu, mit anfänglichem Zögern und linkischem Befremden die Straße betreten hatte, musste er unwillkürlich lächeln beim Anblick der gewohnten Züge in ihrem Ge-

sicht. Sie hatte ein wenig mehr Schminke aufgetragen als in früheren Zeiten, vermutlich
um die Runzeln und Falten zu verbergen. Farben hatten das Grau, das Graugansgrau der
Häuser verdrängt, fein säuberlich setzten sich
die Farbtöne an den Hausbreiten und Fassaden
voneinander ab, man hatte restauriert statt
Lücken gerissen. Die Straße bot wie ehedem
ein geschlossenes, ein gefestigtes Bild.

Menschen sah er, Bekannte traf er nicht. Er
vermied es, den Klingelknopf an der Tür zu
drücken, hinter der er jahrelang gewohnt und
auch wohl gelitten hatte. Der Name der alten
Vermieterin stand noch auf dem Schild; möglicherweise gehörte die Wohnung nun ihrem
Enkel. An der Straßenecke, im ehemaligen
Schreibwarengeschäft, hatten Italiener ihre
Begegnungsstätte eingerichtet. Das Turmgrün
der St.-Elisabeth-Kirche leuchtete aus dem
blauen Himmel, doch die Tür mit der byzantinisch nachempfundenen Szene des Weltengerichts im Tympanon war verschlossen.

Er ging weiter durch die Schlucht der Häuser,
die nun überschaubar und nicht mehr so groß
erschien, sah den Getränkestand von einst, an
dem er sein Bier gekauft und der sich nun in
ein festes Steingehäuse verwandelt hatte. Er
sah sich um und überlegte, wie wichtig, trotz
ihrer Erfolglosigkeit, die Zeit hier für ihn ge

wesen war, die jetzt unter dem Grau lag und
von Farben übertüncht war, und er kam zu der
Erkenntnis, dass ihn die Straße wohl behütet
hatte in jener etwas gefährdeten Zeit seines
Lebens, auch wenn sie ihm nicht hatte ver-
deutlichen können, worin dieser Schutz be-
standen hatte. War die Ordnung der Straße,
jene ersehnte, gehasste, verankerte, abgelehn-
te und so selbstsicher erscheinende Ordnung
nicht doch unbewusst auch seine Ordnung gewesen, trotz aller Fremde und Fehleinschät-
zung? Hatte er nicht immer wieder deutlich
oder aus der Ferne in den Jahren des zaghaften
Erfolges, des Sichfindens, des langsamen Auf-
stiegs und Sichfestigens ihren Ruf gehört?
Aufgehoben und angenommen – solange wir
leben, dachte er. Aufgehoben und angenommen, auch wenn wir es nicht wahrhaben wollen, weil wir kein Zeichen sehen. In dieser
Straße hatte er sich danach gesehnt, aufgehoben und angenommen zu werden und in ihrer
Ordnung seinen behüteten Ort zu finden. Aber
er hatte das Zeichen vermisst oder den Schlüssel nicht zu entdecken vermocht. Aber was
war nicht alles verborgen? Was blieb nicht alles unsichtbar? Lag nicht darin überhaupt der
große Irrtum und Trugschluss der Welt, dass
sie auf Zeichen wartete, um Gewissheit zu
haben, und diese endgültige Gewissheit erst

64

am Ende aller Tage würde erlangen können? Kam es nicht vielmehr darauf an, blindlings zu glauben? Kindliches Vertrauen zu haben in die jahrtausendalten Verheißungen? Aber wer konnte noch glauben angesichts der immer stärker geforderten Beweisführung und einer krankhaft verbreiteten menschlichen Selbstherrlichkeit?

Eines der restaurierten Häuser, an denen er entlangschritt, wies an seinem Erker jugendstilartiges Schnitzwerk auf. Jetzt, nachdem die Fassade des Gebäudes geschält und seines alten Verputzes beraubt war, fiel ihm die prächtige Farbgestaltung auf, die man dem Kopf und den ausgespannten Flügeln eines Engels hatte angedeihen lassen. Er entsann sich nicht, diesen Engelkopf schon einmal gesehen zu haben; er war ein Zeichen, das ihm verborgen geblieben oder nicht aufgefallen war. Die Szene war von einer Gloriole aus lateinischen Buchstaben umrahmt. Er blieb stehen, kam bald ins Grübeln über den Text und stand plötzlich überwältigt. In diesem Bild und in diesem Wort fand er all seine Sehnsucht, seinen Glauben, die Erfahrung seines Lebens, ja, selbst die Ordnung der Straße bestätigt. Aufgehoben und angenommen – solange wir leben, schoss es ihm abermals durch den Kopf, als er das Zeichen gedeutet hatte.

Und dann las er, halblaut, den Vers, der ihn fortan alle Tage seines Lebens begleiten würde: „Angelis suis mandavit de te ... – Er hat dich für alle Zeiten seinen Engeln anvertraut ...“

Wünsche
und
Sehnsüchte

Peters Brief an den Kaiser

Es war einmal ein Junge, Peter mit Namen, der liebte Bücher über alles. Was er an Gedrucktem erwischen konnte, verschlang er mit den Augen, so ungebändigt war sein Wissensdurst. Sein Vater, ein Siebmacher, war arm und seine Familie litt oft bittere Not, und so konnte Peters Sehnsucht nach Büchern nicht gestillt werden.

Eines Tages hörte Peter, dass der Kaiser, Wilhelm II., Kindern einen besonderen Wunsch erfüllt habe. Und prompt kam dem Jungen der Gedanke, dem höchsten Landesherrn seine Büchernot vorzutragen. Er verschaffte sich heimlich einen großen weißen Briefbogen und ein Amtskuvert und schrieb mit ungelenker Schrift ein Gesuch an „Seine Majestät, den Deutschen Kaiser Wilhelm II. in Berlin", worin er um eine „ganze Kiste mit Büchern" bat. Mit hochrotem Kopf warf Peter den Brief im nächsten Postort in den Kasten. Nun begann eine Zeit qualvollen Wartens. In seiner Fantasie malte sich der Junge aus, wie der alte Briefträger Niklas von der Poststelle des Nachbarortes herüberkäme und seiner Mutter eine Kiste voller Bücher vor die Füße stellte: „Die kommt aus Berlin!"

Aber es kam keine Büchersendung. Stattdessen traf eines Morgens die Nachricht ein, dass der Vater sich „in amtlicher Sache" beim Ortsvorsteher zu melden habe. In jenen Tagen hatten die Menschen eine große Angst vor der Obrigkeit, und so machte sich Peters Vater nicht ohne Herzklopfen auf den Weg zum Ortsvorstand. Als er nach qualvollen Stunden zurückkehrte, trug er noch immer die Angst im Gesicht.

Peter musste eine gesalzene Strafpredigt über sich ergehen lassen. Mit erhobenem Zeigefinger wiederholte der Vater, was das Dorfoberhaupt ihm gesagt hatte: Es handle sich um einen unbesonnenen Streich, um ein törichtes Bittgesuch. Der Vater hatte ein Schreiben des Kaiserlichen Oberhofmarschallamtes unterzeichnen müssen, in dem man ihn aufforderte, den Sohn ernsthaft vor solchen unnötigen Bittgesuchen an Seine Majestät zu warnen. Auch der Kreisschulinspektor ließ den Vater kurz darauf amtlich zu sich bestellen, um mit ihm über die „peinliche Angelegenheit", wie er es nannte, zu reden. Nur ein beschränkter Junge habe sich eine solche Albernheit einfallen lassen können, meinte der Kreisschulinspektor.

So war Peters Bücherwunsch abschlägig beschieden worden. Wahrscheinlich hat der Kaiser seinen Brief nie zu Gesicht bekommen.

Das Oberhofmarschallamt wusste wohl mit der Sehnsucht eines kleinen Jungen nach Büchern nicht allzu viel anzufangen.

Diese Geschichte ist wahr. Der sie erlebte und aufschrieb, heißt Peter Wust (1884–1940). Er war zunächst Lehrer in Berlin, Neuss und Trier und später Professor für Philosophie in Münster. Wust starb bereits 1940. Seine Schriften, Bücher und Gedanken sind bei vielen Menschen aber noch heute lebendig, weil sie so voller Trost und Liebe sind.

Jan und die lachende Küchenuhr

Jan saß am Küchentisch und blickte schon eine Weile unverwandt auf die Uhr über der Tür. Sie hatte ein rundes Emaillegesicht, und das Zifferblatt trug im Hintergrund die blassblaue Andeutung von Augen, Nase und Mund. So sah es aus, als ob die Uhr lebe, und je nach dem Stand ihrer Zeiger sah sie recht merkwürdig aus. Mal verzog sie das Gesicht, mal lachte sie oder blickte ernst drein mit einer Würde, die ihr gar nicht gut zu Gesicht stand und eher fremd an ihr wirkte.

Jan kicherte, wenn die Uhr ein komisches Gesicht machte. Nun sah er sie bereits geraume Zeit auf einem Küchenstuhl sitzend an. Er lauschte ihrem kaum hörbaren Ticken und dem unmerklichen Scharren, das sich der Junge nicht erklären konnte, aber doch aus ihrem Innern kam. Doch dann siegte die Neugier. Er sprang auf, zog den Stuhl an die Tür heran und nahm die Uhr vorsichtig aus ihrer Verankerung. „Hui", sagte er und pfiff durch die Zähne, „wie schwer sie ist und wie ihr Gesicht lacht." Er hob sie an sein Ohr, um ihren Pulsschlag deutlich zu vernehmen und legte sie dann behutsam auf den Küchentisch. „Ich möchte wissen, wie sie das macht", staunte Jan und deutete auf den Sekundenzeiger, der in kleinen Sprüngen um das Zifferblatt kreiste. Jan drehte die Uhr um. Die Metallscheibe behütete das Geheimnis ihres Innern, doch die Schrauben zeigten dem Jungen den Weg. Er holte den kleinen Kasten mit dem Handwerkszeug aus dem Keller und fing an, den Rückendeckel zu lösen.

Das Zusammenspiel der Rädchen, der kleinen Achsen, der schwingenden Unruhe verwirrte ihn. Sorgfältig begann er das Inventar der Uhr in seine Bestandteile zu zerlegen. Was ist das – eine Uhr? Woraus bestand sie? Wo lag das Geheimnis ihres Wesens? Wieso maß sie die Zeit, und alle Welt richtete sich nach ihr? Wer hatte ihr eingegeben, so zu sein, wie sie war, ihr gesagt, dass alles richtig sei, was sie tat? Gott? Die Menschen? Nein, die Zeit war von Gott, das hatte die Großmutter gesagt. Alle Zeit liegt in Gottes Hand. Jan reihte die Rädchen auf dem Küchentisch auf. Das Gehäuse der Uhr war nun leer.

„Jetzt baue ich sie wieder zusammen", beschloss Jan.

Er setzte die Räder wieder an ihre Stelle, aber die Uhr ging nicht mehr. Der Junge schüttelte sie, aber das Räderwerk stand still. Jan nahm es abermals heraus und versuchte es ein zweites Mal. Nein, die Uhr wollte nicht ticken. Warum verschloss die Uhr ihr Geheimnis vor ihm? Warum ließ sie ihn zwar alles sehen, befühlen, ertasten, was zu ihrer Gangart beitrug, aber nicht, was sie in Bewegung hielt? Warum war die Schöpfung so undurchsichtig, so verzwickt, so geheimnisvoll? Gott breitete über alles ein unsichtbares Tuch, er ließ niemanden an das Wesentliche heran. Jan dachte auf kindliche Weise, aber er konnte seine Gedanken nicht so ausdrücken, wie es die Erwachsenen tun. Die Erwachsenen hielten sich für klüger und meinten: Man sieht eine oberflächliche Ordnung der Dinge, errät ihr Zusammenspiel, erkennt vielleicht ihre Notwendigkeit – aber ihr Wesen, nein, das erspürt man nicht. Ist es um seiner selbst willen erschaffen worden? Zur eigenen Freude oder zum Nutzen für alle? Warum gibt es die Zeit, wenn man doch nicht weiß, was sie ist – nur, wozu sie gut sein mochte? Wozu baut man Uhren? Um ein Stückchen Schöpfung messbar zu machen und sein Leben ihrem Rhythmus zu unterwerfen? Um eine Ahnung zu haben, was Ewigkeit bedeutet, und eine Vorstellung zu gewinnen, wie vergänglich, wie begrenzt das Leben ist?

Jan dachte nicht wie die Erwachsenen. Er nahm die Uhr, trug sie in den Hof und warf sie auf das Pflaster. Das Emaillegesicht zersplitterte auf den Steinen und hinterließ die Unordnung der Dinge, aus denen ein Teil dieser Welt besteht.

Verwählt

Der Zug kam pünktlich. Mit gedrosselter Geschwindigkeit lief er in das Bahnhofsgelände ein, entwirrte das sich ihm entgegenschiebende Knäuel der Weichen und schob sich vorsichtig an die Bahnsteigkante heran. „Zürich!", rief der Lautsprecher und überdehnte das „ü", dass es fast aus dem Wort brach, während ihm das „ch" gurgelnd im Rachen zu ersticken drohte.

Sie hatte Zeit. Eine volle Stunde ist viel in einem Terminkalender, der schwarz von Wortbrücken und Daten ist. Sie beschloss, mit ihrer Nichte Ursula zu reden, wenigstens telefonisch. Sie erspähte ein Telefonhäuschen, das geschützt lag vor dem Ansturm des Straßenlärms und neugierigen Menschenblicken, entschlüsselte die Nummer aus ihrem Notizbuch und wählte. Wählte hastig. Zu hastig. Sie spürte instinktiv, dass ihr Zeigefinger in der Kombination eine falsche Zahl erwischt hatte, aber noch ehe sie auflegen und von Neuem wählen konnte, meldete sich eine Frauenstimme, alt und klar, und so, als habe sie neben dem Telefon gelauert wie ein sprungbereites Tier.

Sie entschuldigte sich, bat um Verzeihung. In der Eile passiere es schon mal, dass man danebengreife. Aber die Stimme der altern Frau bedrängte sie, doch nicht einzuhängen, nein, es sei doch nicht der Rede wert, das Verwählen. Im Gegenteil, sie freue sich darüber, sie, die alte, allein lebende Frau, die so gut wie keinen Besuch erhalte und, wcnn es hoch käme, zwei-, dreimal im Monat einen Telefonanruf.

„Wie können Sie das nur aushalten?", fragte

sie betroffen mit belegter Stimme, „das Alleinsein, meine ich."

„Es ist sehr schwer, zeitweise. Aber man gewöhnt sich mit den Jahren. Bitte, legen Sie doch nicht auf. Auch wenn wir uns nicht kennen und ich nicht einmal Ihren Namen weiß. Ich spreche so gern mit Ihnen, verstehen Sie?" Sie setzte an, auf ihre Nichte zu verweisen, doch ihre Argumente starben unter den Einwirkungen der Worte, die aus der Muschel prasselten, die über sie kamen und herabfielen wie schwerer, dampfender Regen in einer duftreichen Frühlingsnacht. Sie stand in diesem Regen und lauschte, das Gesicht preisgegeben, das Ohr wie einen Trichter geöffnet, aufnahmebereit und berührt von Dingen, die ihr unglaublich schienen.

„Sie haben keinen Menschen, sagen Sie? Seit anderthalb Jahrzehnten leben Sie allein? Ohne Bindung an die Welt? Ohne Kontakt? Krank? Nur mit einem Telefon als Partner? Und doch kaum jemand, der anruft?"

Sie musste nachwerfen, sie besaß kaum noch Münzen für den geldgierigen Automaten, aber sie tat es, die letzten Kupferrappen rasselten in den Schlitz, während die Zeit für die Nichte Ursula dahinschmolz wie Schnee. „Ich würde mich sehr freuen, wenn ich Ihnen einmal schreiben dürfte", bat die fremde klare Stim-

me von irgendwoher in dieser großen unge-
zähmten Stadt, die ihren Lärm hinausbrüllte
in die Straßenschluchten und Häuserfluchten.
Sie buchstabierte mechanisch, sagte Namen
und Straße, den Ort, an dem sie zwischen ihren Reisen zu Hause war. – Zu Hause …?

„Wenn ich nicht schlafen kann, des Nachts,
und das kommt häufig vor, schreibe ich Ihnen
einen Brief, einen langen, ich verspreche es.
Aber seien Sie nicht böse, wenn Sie viele Briefe erhalten, denn ich habe viel Zeit. Sie müssen nicht antworten. Es verpflichtet Sie zu
nichts. Aber ich habe wenigstens eine Adres-
se …“

Der Anschlusszug ging um drei. Sie erwischte
ihn gerade noch, bevor er dem Grün der Sig-
nallaternen auf die Spur in die Ferne folgte.

Die Suche nach der Tür

Es waren einmal zwei Freunde, die sprachen
häufig über Gott. Aber sooft sie auch redeten,
diskutierten und ihre Gedanken austausch-
ten, sie kamen zu keinem Ende. Immer wieder
fiel ihnen eine neue Überlegung ein, immer
wieder bot sich ihnen ein neuer Unterhal-

tungsstoff. Sie meinten, mit ihrem Reden Gott so nicht finden zu können.

„Wir müssen doch einmal zu einem Schluss kommen", sagte der Erste. „Wir können doch nicht zeitlebens über Gott sprechen und auf der Stelle treten."

„Diese vielen offenen Fragen machen mich ganz unruhig", erwiderte der Zweite. „Ich wünschte, ich wüsste endlich einen Ort, wo man den letzten und verbindlichen Antworten näherkommt."

Eines Tages hörten die Freunde, um die beste aller Antworten auf die Frage nach Gott zu finden, müsse man eine bestimmte Tür durchschreiten. Hinter ihr öffne sich der Raum, in dem alle beklemmenden Rätsel ein wenig näher einer Lösung zugeführt werden könnten, wenn man sich in Geduld fasse. Die Freunde entschieden sich, diesen Raum zu suchen, und sie machten sich auf den Weg. Sie durchwanderten viele Länder, kreuzten die Meere, erstiegen hohe Berge und quälten sich gar durch eine Wüste. Aber nirgends entdeckten sie die Tür, hinter der der geheimnisvolle Raum der Gottsuche zu finden war. Schließlich, als sie der Verzweiflung nahe waren, kamen sie zu einem Einsiedler, der vor seiner Höhle saß.

„Du hast es gut", seufzte der erste Freund, „du

sitzt hier und bist zufrieden. Was tust du überhaupt?"

„Ich suche Gott", erwiderte der Einsiedler.

„Dass ich nicht lache!", rief der Zweite. „Wenn du Gott suchen willst, dann sitz hier nicht untätig herum, sondern mache dich auf den Weg wie wir. Wir sind in der ganzen Welt unterwegs gewesen."

„Und", fragte der Einsiedler ruhig, „habt ihr Gott gefunden?"

„Nein", sagte der erste Freund zerknirscht. „Wir haben die Tür noch nicht entdeckt, die in den Raum führen soll, wo wir Gott näherkommen können."

„Ich kenne sie", lächelte der Einsiedler weise. „Ich kann euch die Tür zeigen."

Die beiden Freunde sprangen freudig auf. „Und dann hältst du uns mit deinem Gerede hin? Sag schnell, wo ist die Tür, die in den Raum der Gottsuche führt!"

Der Einsiedler beschrieb den Freunden den Weg, und die beiden eilten in die angegebene Richtung. Je länger sie aber unterwegs waren, umso vertrauter erschien ihnen die Gegend, und am Ende kamen sie wieder zu Hause an. Sie öffneten die Tür und befanden sich wieder in dem Raum, aus dem sie zur Gottsuche aufgebrochen waren …

Hundert Tropfen Wasser

Zu einem Einsiedler in der Wüste kam eines Tages ein reicher junger Mann, der zu Hause große Schätze besaß. Er meinte, sich mit seinem Reichtum alles kaufen zu können, selbst die ewige Seligkeit.

„Was kostet das ewige Leben?", rief er großspurig, nachdem der Einsiedler ihn aufgefordert hatte, Platz zu nehmen. Und er ließ ein paar Goldstücke in der Tasche klimpern.

Der Einsiedler, der unter einer Palme saß und der untergehenden Sonne nachblickte, erwiderte leise: „Es hat keinen Preis, den du bezahlen kannst."

„Ho, ho!", rief der reiche junge Mann und hielt dem Alten die Goldstücke unter die Nase. „Weißt du, was ich mir damit kaufen kann?"

Der Einsiedler schüttelte den Kopf.

„Na, siehst du, wenn du nicht einmal den Wert des Goldes einschätzen kannst, wie willst du dann behaupten, die ewige Seligkeit habe keinen Preis? Alles ist zu haben für den, der bezahlen kann."

Der alte weise Mann lächelte sanft. „Lassen wir es auf einen Versuch ankommen, junger Freund." Er ging in seine Höhle und kam mit einem irdenen Gefäß zurück. „Weißt du, was das ist?"

„Natürlich, ein Wasserkrug, und dazu noch ein recht einfacher."

„Er kann das Leben bedeuten, auch das ewige", sagte der Einsiedler. „Geh nun und bringe mir als Gegenwert für das Haus, das du bewohnst, hundert Tropfen Wasser."

Der junge Mann brauste auf. „So gering schätzt du mein Haus? Ich werde dir hundert Wassertropfen bringen und hundert Goldstücke dazu."

„Versuche es", nickte der Einsiedler.

Der Besucher nahm den Krug und wandte sich stadteinwärts. Er befahl einem Diener, hundert Goldstücke und hundert Wassertropfen abzuzählen. Das Gold tat er in ein kostbares Kästchen aus Holz, das Wasser füllte er in einen irdenen Krug. Dann eilte der Reiche zurück an den Rand der Wüste.

„Du hast eine geringe Vorstellung vom Wert meines prächtigen Hauses!", rief der junge reiche Mann stolz und stellte das Kästchen dem Einsiedler vor die Füße.

Der Einsiedler schob das Gold unbeeindruckt zur Seite. „Und wo, mein Freund, ist das Wasser, das du mir bringen solltest?"

Der Besucher wies auf den unauffälligen Krug. „Dort, aber was sind hundert Tropfen Wasser, gemessen an meinem Reichtum?"

Der alte weise Mann schaute in den Krug, drehte ihn um; es war kein Tropfen Wasser zu sehen. Die Sonne hatte das Wasser unterwegs aufgezehrt.

„Nimm dein Gold, mein Freund, und trage es zurück in deine Schatztruhe", empfahl der Einsiedler.

„Und wie erhalte ich das ewige Leben?", fragte der junge reiche Mann ein wenig kleinlaut.

„Bring mir die hundert Wassertropfen", lächelte der Einsiedler, „alles Weitere wird sich finden."

Der Gast entfernte sich mit seinem Gold, aber er schritt nicht mehr so zügig aus, wie er gekommen war. Nachdenklich näherte er sich dem Rand der Stadt, und da er langsam ging und die Augen auf den Boden schweifen ließ, sah er die Bettler, die die abgezehrten Arme hoben und die knöchernen Hände um ein Almosen ausstreckten. Und mit einem Male schien ihm das Gold in der kleinen Truhe sehr schwer, es drückte auf seine Schultern, es zwang ihn in die Knie. Da öffnete der junge reiche Mann das Kästchen und schenkte das Gold fort, ein Stück um das andere, bis der blanke Boden zu sehen war.

„Wenn sich doch jedes Goldstück in einen Tropfen Wasser verwandeln ließe", seufzte der junge reiche Mann. Da er sehr müde war, setzte er sich unter einen Feigenbaum, um auszuruhen. Doch alsbald schlief er ein und erwachte erst mit dem neuen Tag, als die Sonne glutrot über dem Rand der Wüste stand. Verwirrt erhob sich der reiche junge Mann, griff nach dem Wasserkrug, um zur Quelle zu gehen und die hundert Tropfen abzufüllen. Jedoch zu seiner großen Verwunderung befand sich das Wasser bereits im Krug. Voll Freude eilte er in die Wüste, wo der Einsiedler auf ihn wartete.

„Mir ist etwas recht Merkwürdiges geschehen", rief er dem frommen Mann zu, der gerade sein Morgengebet beendet hatte. Der Einsiedler nickte lächelnd, als er die Geschichte vernommen hatte.

„Das Gold in deinem Kästchen hat sich verwandelt – wie dein Herz. Die hundert Tropfen Wasser in deinem Krug, guter Freund, sind die Freudentränen der Bettler, deren Hunger du gestillt hast. Habe ich dir nicht gesagt, Wasser könne Leben bedeuten, auch das ewige?"

Der Besucher blickte den Einsiedler nachdenklich an. „Fahre nur fort, junger Freund, dir den Himmel mit diesem Wasser zu verdienen, dann ist deine Seele wirklich reich."

Glück
und
Zufriedenheit

Die schönste Blume der Welt

Es war einmal ein junges Mädchen, das fand im Frühling auf der Wiese eine Blume, die war so schön wie keine andere auf der Welt. Das Mädchen tanzte vor Glück eine Weile um sie herum, dann eilte es voller Freude nach Hause, rief die Eltern, Nachbarn und Freunde zusammen und erzählte ihnen mit hellen Worten so begeistert von seinem Fund, dass ihm alle auf die Wiese folgten, um die Blume zu sehen.

Das Mädchen hatte nicht übertrieben. Die Blume war so schön, dass Worte nicht ausreichten, sie zu beschreiben. Die Menschen standen voll Staunen und Bewunderung vor der Blume und fühlten, wie ihre Seele erstarkte beim Anblick der schneeweißen Blüten.

Doch ach, überlegte das Mädchen, wie schnell könnte diese Herrlichkeit zu Ende gehen, wie rasch die Blume verwelken. Oder es kam ein Tier auf die Wiese und fraß sie ab, oder neugierige Menschen traten sie nieder und keine Macht der Welt würde sie aufrichten können.

Da wurde das Mädchen traurig. Als die Menschen gegangen waren, überlegte es fieberhaft, wie es die Blume vor dem Zugriff der bösen Mächte schützen könnte. Es besaß daheim ein kleines Kästchen aus Ebenholz. Dahinein wollte es die Blume legen. Doch nein, es würde die Blume samt ihrer Wurzel ausgraben und in das Kästchen hineinpflanzen. Dort würde es geschützt und aufgehoben sein. Das Mädchen tat, wie es beschlossen hatte. Als es allein auf der Wiese war, grub es die Blume vorsichtig aus und trug seinen Schatz nach Haus.

Aber die Blume wollte nicht weiterwachsen. Sie warf die Blätter ab, die Blüten verloren ihre schneeweiße Farbe, wurden grau und runzelig. Und eines Tages verdorrte auch der Stiel, der die Blütenpracht getragen hatte. Da trauerte das Mädchen um den Verlust. Es dachte: „Was hätte ich anders machen sollen, um mir die Blume zu erhalten?"

Es fragte einen alten Mann, zu dem manche Menschen gingen, um sich Rat zu holen. Der alte Mann antwortete: „Manches Schöne ist nur für den Ort bestimmt, an dem es sich finden lässt. Es kann nur dort gedeihen, wo es wächst. Dort soll es groß und schön werden und die Menschen erfreuen. Es lässt sich nicht verpflanzen. Du wolltest die Blume schützen, aber du hast ihr Ende beschleunigt. In deinem Kästchen fand sie nicht den Nährboden, den sie braucht. In deinem Haus war nicht die Luft, die sie nötig hat. Und in deinem Zimmer scheint nicht die Sonne, unter der eine so seltene Blume sich entfalten kann.

Wie mit der Blume geht es mit vielen Dingen, von denen wir meinen, sie besitzen zu müssen."

Das Wort des Dichters

Ein Dichter hatte lange Jahre tagtäglich treu dem Wort gedient. Er hatte es nicht missbraucht, sondern wohlbedacht eingesetzt, nicht geknetet, sondern geformt, nicht überdehnt, sondern sorgfältig abgewogen. Er war dem Hang zu Übertreibungen nicht erlegen, hatte keine Sensationen beschworen und die Menschen nicht mit knalligen Überschriften angelockt. Seine Sprache war vielmehr bedächtig gewesen, er hatte versucht, der Wahrheit so nahe wie menschenmöglich zu kommen, niemandem zu schaden oder Unrecht zu tun.

Mit der Zeit aber spürte er, dass er mit dieser Lebenseinstellung bei den Menschen kein Gehör mehr fand, dass sie die geschilderten Ereignisse lieber ein wenig verdreht oder aufgebauscht liebten, dass sie den Nervenkitzel bevorzugten und nicht die Tiefe und Einmaligkeit des Wortes. Der Dichter überlegte lange, was er tun könne, um die Menschen wieder zurückzugewinnen.

Er hatte täglich eine Seite einer kleinen Zeitung mit seinen Beiträgen zu füllen. Dort veröffentlichte er Gedichte und Erzählungen, Legenden und Märchen, in denen eine tiefe Wahrheit steckte und in denen sich der Sinn des Lebens offenbarte. Die Menschen aber waren mit den Jahren unfähig geworden, diesen Sinn und diese Wahrheit zu erkennen, denn ihr Leben bewegte sich in oberflächlichen Bahnen mit den Erwartungen des Augenblicks und nicht mit den Bedürfnissen der Dauer. So hatte die Zeitungsseite allmählich in ihren Augen an Bedeutung verloren.

Der Herausgeber der Zeitung riet dem Dichter, sich dem Zeitgeist anzupassen und den Menschen gleichsam nach dem Munde zu schreiben. Dazu aber konnte sich der Dichter nicht aufraffen, denn ein solcher Schritt wäre einem Verrat an sich selbst und an seiner Überzeugung gleichgekommen. Er beschloss indessen, an einem bestimmten Erscheinungstag seine Zeitungsseite nicht mehr zu füllen, sondern weiß und unbedruckt mit den anderen Blättern veröffentlichen zu lassen. Das Risiko gegenüber dem Herausgeber der Zeitung nahm er auf sich.

90

Die Leute waren erstaunt, als sie die Zeitung in den Händen hielten und eine leere Seite vorfanden. Erst jetzt fiel ihnen auf, dass ihnen etwas fehlte. Was hätte hier veröffentlicht werden sollen, und was war ihnen entgangen? Einige riefen bei der Zeitung an, beschwerten sich, warum ihnen eine Zeitungsseite vorenthalten würde, andere gaben ihrem Protest Ausdruck, indem sie sagten, sie hätten die Zeitung schließlich vollständig abonniert und nicht ein Stückwerk. Die Redaktion suchte die Menschen zu beschwichtigen. Am Montag werde die Seite wieder in gewohnter Gestaltung erscheinen. Man wolle mit dem Dichter verhandeln, ja, ihn zwingen, seine Arbeit wieder aufzunehmen und in bewährter Weise fortzusetzen.

Die Leute gaben sich zufrieden. Aber sie achteten in den nächsten Tagen darauf, ob die Redaktion ihr Versprechen einhielt. Und so fanden die Worte des Dichters allmählich wieder ihre Aufmerksamkeit. Je öfter sie den Fortbestand der Zeitungsseite überprüften – denn schließlich hatten sie nach ihrer Meinung ein Anrecht darauf –, umso mehr nahmen die Menschen auch das Dichterwort wieder wahr, das unaufdringlich, mit liebevoller Ausdauer zu ihnen sprach und um sie warb.

Es ist wohl so, dass diese Welt Dinge erst

schätzen lernt, wenn es sie nicht mehr gibt. Wie viele Werte aber sind unwiederbringlich dahin, bis die Menschen beginnen, ihren Verlust zu betrauern …?

Das größte Laster

Zu einem Mann kam eines Tages ein Ratsuchender und fragte ihn, welches Laster er für das größte der modernen Zeit halte. Der Weise musste sich nicht lange besinnen. Er erwiderte: „Die Unzufriedenheit".

„Auf alles wäre ich gekommen, nur nicht auf diese Antwort", wunderte sich der Besucher. „Ich hätte eher auf Maßlosigkeit getippt, auf die Gier nach größerem Reichtum, auf eine Überfülle der Wünsche."

„Das mag schon stimmen", entgegnete der alte weise Mann, „denn die Summe dessen, was ich eben aufgezählt habe, ist die Unzufriedenheit."

„Würdest du mir das näher erklären?", bat der Besucher, und der Weise nickte. „Ich will dir eine Geschichte erzählen, selbst für den Fall, dass ich mich wiederhole und dir von Dingen berichte, die du bereits kennst. Höre nun zu. –

92

Einem jungen Menschen – er mag in deinem Alter gewesen sein – träumte, er habe drei Wünsche feil. Sie mögen ihm für eine gute Tat gewährt worden sein."

„Das klingt wie im Märchen", unterbrach der Zuhörer den Weisen enttäuscht. „Ich bin nicht gekommen, mir Märchen anzuhören."

„Märchen sind ein Bild für die verdeckte Wirklichkeit", lächelte der alte weise Mann. „Gib nur Acht: Der Träumende überlegte nicht lange, was er sich wünschen sollte. Als Erstes, so bestimmte er, wünsche ich mir, dass alles, was ich mit meinen Händen berühre, zu Gold wird. Denn er sah seine bisherige Not vor Augen, die er nun für alle Zeit abzuwenden hoffte. Alsdann, so fuhr er fort, wünsche ich mir Unsterblichkeit. Denn wenn es mir gut geht, so soll mein Leben auch über die gewöhnliche irdische Zeit fortdauern. Wer weiß, was mich andernfalls nach dem Tode erwartet? – Die beiden Wünsche wurden ihm gewährt. Der dritte aber sollte erst nach vielen Jahren in Erfüllung gehen."

„Der Wunsch nach Gold erinnert mich an König Midas", rief der Besucher gelangweilt. „Hast du mir nichts Besseres zu bieten als diese Sage vom unersättlichen König der Phrygier?"

Der alte weise Mann lächelte sanft. „Nein",

erwiderte er, „ich habe dir nichts Besseres zu bieten als die alten Fehler der Menschheit, die sich in jeder Generation wiederholen. Höre nur zu."

Und er erzählte weiter von dem jungen Menschen und seinen Wünschen. „Er genoss alsbald die Vorteile des ersten Wunsches. Alles, was er mit den Händen anrührte, verwandelte sich augenblicklich in Gold. Als er sich jedoch zum Essen niedersetzte, so veränderten sich auch die Speisen unter seinen Händen und wurden zu Gold. Da erschrak der junge Mann bis ins Herz, denn nun erkannte er, dass er elendig verhungern müsse – ohne in Wahrheit sterben zu können. Was für ein qualvolles Leben stand ihm bevor! Er musste von nun an die Hilfe anderer Menschen in Anspruch nehmen, die ihn fütterten und die ihm zu Trinken gaben, wann immer er ein Gefühl des Hungers oder des Durstes verspürte. Er nahm Bedienstete ins Haus, Fremde, die wie die Jahre kamen und gingen, die ihn auf seinen Reisen begleiteten und ohne die er kaum einen Schritt allein unternehmen konnte …

Seine Freunde starben, er wurde nicht alt. Es kamen neue Zeiten, und er überdauerte sie. Es wuchsen neue Generationen heran, und er überlebte sie. Aber mit den neuen Zeiten geschahen auch Veränderungen im Leben der

Menschen; ihre Ideen und Ansichten waren ihm fremd, mit ihren Gewohnheiten konnte er sich nicht anfreunden.

‚Ich habe zwei große Fehler gemacht‘, dachte der junge Mann in seinem Traum, ‚ach, könnte ich sie rückgängig machen und wie ein zufriedener Mensch leben.‘

In diesem Augenblick erfüllte sich, ohne dass es ihm recht bewusst war, der dritte Wunsch. Die Dinge, die er jetzt berührte, blieben, was sie waren. Sie bewahrten ihre Eigenart und ihren Sinn, und unser Freund nahm mit wachsender Verwunderung wahr, wie schön, wie sinnvoll doch die Ordnung des Lebens ist. Er sah in den Spiegel und bemerkte, wie er alterte, wie sein Gesicht sich verklärte und die Züge des nahenden Todes annahmen, und fand, dass alles seine Richtigkeit hatte. Er war glücklich, ein Mensch wie alle Menschen zu sein. Wie verblendet war ich in meiner Unzufriedenheit, dachte er, wie schwer habe ich gegen die Gesetze des Lebens verstoßen …“

Der alte weise Mann schwieg, und er sagte auch nichts, als der Ratsuchende sich leise erhob und wortlos von dannen ging.

„Bist schon in Ordnung, lieber Gott"

Das Fenster öffnete sich zum Garten hin, und der Blick fiel in den verregneten Vormittag. Die Rosen hielten ihre Blütenkelche verschlossen. In den sattgrünen Blättern fing sich das Wasser wie zitternde Quecksilbertropfen. Der Junge hatte die Stirn gerunzelt und sah unverwandt in den düsteren Himmel und den strähnigen Regen.

„Der liebe Gott braucht dringend ein Hörgerät", sagte er halblaut vor sich hin. Die Mutter, die gerade das Bettzeug zurechtzupfte, unterbrach ihre Arbeit und drehte sich um. „Wieso meinst du das, Frank? Der liebe Gott – und ein Hörgerät?"

„Ich habe sehr darum gebetet, dass heute gutes Wetter ist", erwiderte der Junge und ballte die kleine Faust. „Frau Molek hat nämlich gesagt, dass unsere Klasse heute den neuen Trimm-dich-Pfad an den Fischteichen besucht – wenn es nicht regnet. Und jetzt ..." Frank schwieg und blickte trotzig in das unnachsichtige Grau, als erwarte er, dass Gott sich zu seinem Vorwurf äußere und eine einleuchtende Erklärung abgebe, weshalb er es trotzdem regnen ließ. „Warum tut Gott so et-

96

was? Warum konnte er mir nicht diese kleine Freude machen, wo er doch alles kann?"

Franks Mutter überlegte. Die Antwort, die sie sich ausdachte, erschien ihr plump und ausweichend. Vielleicht – so gedachte sie ihrem Sohn zu sagen – hast du nicht andächtig genug gebetet. Aber das wäre kindisch und kein Trost gewesen und auch keine ehrliche Entgegnung auf eine ernstzunehmende Frage. Wenn Kinder Gott um etwas bitten, schoss es ihr durch den Kopf, kann es nur andächtig sein.

„Weißt du, Frank, ich könnte mir denken, dass Gott deine Bitte sehr wohl gehört hat. Aber vielleicht ist bei ihm gleichzeitig das Gebet des Landwirts Vornhelme, der dort hinten seinen Hof hat, angekommen. Und der Bauer Vornhelme hat möglicherweise gebetet: ‚Lieber Gott, lass es heute Nacht und morgen früh tüchtig regnen. Ich habe frischen Salatsamen gesät. Lass die saftigen Blätter bald aus dem Boden sprießen, damit ich sie auf dem Markt verkaufen und den Müttern eine Freude machen kann. Denn die Mütter, lieber Gott, bringen den Kindern mittags gern frischen Salat auf den Tisch, wegen der Vitamine.‘ – Siehst du, Frank. Und da hat der liebe Gott vielleicht abgewogen und sich überlegt, was mache ich jetzt nur? Den kleinen Frank habe ich sehr lieb. Ich möchte gern, dass er mit Frau Molek und der Schulklasse den Trimm-dich-Pfad an den Fischteichen besucht. Aber andererseits möchte ich auch den frischen Salatsamen nicht verderben lassen, den der Landwirt Vornhelme ausgesät hat. Was ist nun wichtiger?, hat Gott gefragt."

„Der Salat!", rief Frank, und sein Gesicht hellte sich auf.

„So, meinst du?", lächelte die Mutter.

Frank nickte. Die Falte des grollenden Unmuts auf seiner Stirn war verflogen. „Essen ist doch wichtiger als Spazierengehen", stellte er sachkundig fest. Denn nach einer Pause des Nachdenkens meinte er: „Manchmal ist der liebe Gott aber trotzdem komisch in seinen Entscheidungen."

„Kannst du mir das näher erläutern?"

„Ja, Mutti. Neulich habe ich zum Beispiel darum gebetet, dass mein Diktat einmal sehr gut ausfällt. Du weißt, Mutti, dass ich nicht faul war und vorher viel geübt habe."

„Das stimmt", pflichtete ihm seine Mutter bei. Sie setzte sich auf einen Stuhl und zog ihren Sohn an sich.

„Trotzdem, Mutti, war es nur eine Drei. Ich mache manchmal die doofsten Fehler. Warum lässt Gott das zu?"

Franks Mutter fühlte sich abermals vor eine schicksalhafte Frage gestellt, und sie wollte ihrem Sohn gerade klarmachen, dass man nicht unbedingt immer den lieben Gott für etwas verantwortlich machen sollte, das bei einem selbst liegt, da schien der Kleine die Antwort schon selbst gefunden zu haben.

„Ich weiß, Mutti, warum."

„So, da bin ich aber neugierig."

„Ja. Die Elfriede Bertram, die so schlecht in Deutsch ist, meist immer Fünfen schreibt, hat kürzlich eine Vier plus bekommen. Vielleicht hat Elfriede ebenfalls um eine gute Note gebetet, und der liebe Gott hat sie erhört und meine Bitten ihr zugewendet, weil sie es nötiger hatte als ich."

Franks Mutter drückte ihrem Filius einen Kuss auf die Stirn. „Du bist prima, Frank, und deine Erklärung leuchtet mir ein. Genauso wird es gewesen sein. Ich glaube, dass Gott keines unserer Gebete unbeachtet lässt und dass er alle unsere Bitten hört, sich aber dem unter uns zuerst zuwendet, der es am nötigsten hat. Gott allein weiß, was gut für uns ist, auch wenn es unser kleiner Verstand nicht begreift."

Frank sprang auf, stellte sich mitten ins Zimmer und stemmte die Fäuste in die Seiten. „Du, Mutti, die Sau vom Bauern Vornhelme hat vorige Woche neun Ferkel bekommen."

„Was du nicht sagst."

„Toll, was? Acht waren kerngesund, aber ein Junges war ziemlich schwach. Und da hat der Bauer Vornhelme das neunte genommen und es der Muttersau an die Zitzen gelegt, damit es in Ruhe trinken konnte. Die anderen acht haben es nämlich immer an die Seite gedrängt und ihm keinen Platz gemacht."

„Das hat der Bauer Vornhelme richtig gemacht, findest du doch auch, nicht wahr?"

„Selbstverständlich. Obgleich der Bauer die anderen Ferkel nicht weniger lieb hat, hat er sich dem schwachen zugewandt und ihm geholfen. Ich glaube, so macht es der liebe Gott auch, Mutti."

Franks Mutter lachte. „Du bist mir ein Schlingel", rief sie, aber augenblicklich war sie wieder ernst. „Und so wie Gott dem schwachen Geschöpf hilft, möchte er, dass wir es auch tun. Er überträgt uns die Sorge für die benachteiligten Menschen, für die geistig behinderten Kinder, zum Beispiel."

„Wie für die dicke Gisela, die immer so scheel …, für die liebe arme Gisela, die ein so entstelltes Gesicht hat."

„Richtig, Frank. Ist das nicht eine große Auszeichnung und Verpflichtung?"

Frank antwortete nicht. Er trat ans Fenster und blickte in den noch immer eintönig singenden Regen. Er beobachtete die Taube, die mit fahrigem Flügelschlag über die gedrungenen Dächer glitt, und sah ihr nach, bis sie im Gewirr der Giebel verschwunden war. Der Himmel trug noch immer ein gleichmäßig gefärbtes Grau. Kein Zeichen von Sonne und Licht. Frank drückte sein Gesicht an die Scheibe und dachte an Gott, der irgendwo über dem Grau dieser Erde herrschte. „Bist schon in Ordnung, lieber Gott", murmelte er leise.

Das Hemd des Zufriedenen

Es war einmal ein König, der konnte vor lauter Sorgen des Nachts nicht schlafen. Er machte sich viele unnötige Gedanken, sodass er am Ende nicht mehr zur Ruhe kam und sein Zustand so bedenklich wurde, dass er den Räten des Landes sein Leid klagte. Nach einer langen Sitzung erhob sich einer der weisen Männer und sagte: „Ich wüsste wohl einen Rat, wie der König wieder Ruhe und seinen verdienten Schlaf fände. Aber es wird schwer werden, meinen Vorschlag zu verwirklichen. Es müsste dem König nämlich das Hemd eines zufriedenen Menschen angezogen werden, das er beständig auf seinem Leib trüge. Damit könnte ihm sicher geholfen werden."

Als der König diesen Rat vernahm, sandte er sofort eine Anzahl Männer in alle Richtungen seines Reiches aus, ihm das Hemd eines zufriedenen Menschen zu besorgen. Die Boten zogen in die Städte, in die Dörfer, in das Gebirge und in die weite Ebene, sie durchkämmten die letzten Winkel des Königreiches und sie erfuhren viel über die Leute – aber einen von Herzen zufriedenen Menschen fanden sie nicht. Schließlich machten sich die Männer sorgenschwer auf den Heimweg. Während sie in Gedanken versunken dahinzogen, gewahrten sie abseits einen Schweinehirten, der seelenruhig bei seiner Herde lag und vergnügt vor sich hin pfiff. Die Boten traten heran und beobachteten ihn eine Weile. Die Frau des Schweinehirten kam, um ihrem Mann das Morgenbrot zu bringen. Sie sahen, wie er gemächlich frühstückte und anschließend munter mit seinem Kind spielte. Die Männer fragten den Schweinehirten, warum er so fröhlich aussähe. „Das kommt daher", erwiderte er, weil ich mit dem, was ich habe, zufrieden bin."

Da freuten sie sich, dass sie endlich einen zufriedenen Menschen gefunden hatten. Sie erzählten dem Schweinehirten von ihrem König und baten ihn inständig, ihnen für teures

Geld sein Hemd zu überlassen. Da lächelte der Schweinehirt und sagte: „So gern ich eurem König dienen und euch einen Gefallen erweisen möchte, ich fürchte, ich kann euch nicht helfen. Denn ich besitze wohl die Zufriedenheit, aber ich trage kein Hemd am Leibe."

So mussten die Männer unverrichteter Sache vor ihren König treten, und sie berichteten ihm, dass sie wohl manchen Menschen mit teurem Hemd, aber ohne Zufriedenheit, und schließlich nur einen Menschen mit Zufriedenheit, aber ohne Hemd angetroffen hätten. Dem König konnte in seinem Leid nicht geholfen werden …

Dieses Märchen hat zum ersten Mal der Dichter, Zeichner und Philosoph Wilhelm Busch (1832–1908) erzählt. Der Schöpfer von „Max und Moritz" war mehr als ein Illustrator von humoristischen und grotesken Geschichten.

Der Hund, der Mister Zufall hieß

Kevin behielt die Haustür im Blick, während er vorsichtig über die Straße ging. Er führte den Hund am Halsband, denn eine Leine besaß er nicht. Das Tier zog und zerrte. Es schien die Gefahren des Straßenverkehrs zu kennen. Erst auf dem Bürgersteig beruhigte es sich. Kevin getraute sich nicht, den Griff zu lockern. So verzichtete er darauf, den Haustürschlüssel aus der Hosentasche zu angeln, und schellte. Seine Mutter öffnete.

„Wo hast du den denn aufgegabelt?", fragte sie überrascht, als sie den hechelnden Hund sah.

„Er ist mir nachgelaufen", antwortete Kevin leise. Er ließ das Gesicht seiner Mutter nicht aus den Augen.

„Das ist keine gute Ausrede, mein Junge", sagte sie streng. „Du bist dir hoffentlich darüber im Klaren, dass wir den Hund nicht behalten können."

„Ehrenwort!", protestierte Kevin. „Ich habe an der Haltestelle mit ihm gespielt und – husch – sprang er mir in den Schulbus nach."

„Husch, husch ..." Die Mutter schüttelte ihren Unmut ab. „Na, dann kommt erst einmal herein. Ich bin gespannt, was Vater heute Abend sagt, wenn er den Hund sieht."

„Vater mag Tiere", beruhigte Kevin sein Gewissen. „Und dieser Hund ist ein besonderes Tier."

Der Cockerspaniel blickte mit treuen Augen zu seinem neuen Herrn auf.

„Da bin ich nicht so sicher", sagte die Mutter, während sie am Herd hantierte. „Wie heißt er denn?"

„Ja, also, ich weiß nicht. Er hat sich mir ja nicht vorgestellt. Er ist mir nur nachgelaufen."

„Du hast ihn also wirklich nicht fortgelockt oder mit sanftem Druck zum Mitkommen bewogen?"

„Wo denkst du hin, Mutter. Sieh doch, wie gefährlich er aussieht. Der hätte eher zugebissen, statt sich entführen zu lassen."

Der Hund legte den Kopf zur Seite und hörte auf zu hecheln. Er hatte den Geruch der Weißwürste in der Nase.

„Er schaut mir eher wie jemand aus, der blindlings hinter jedem herläuft, der ihn mit einem Wurstzipfel ködert", stellte die Mutter ungerührt fest.

Das Urteil des Vaters fiel ähnlich gefühllos aus. „So ein Affenpinscher im Haus macht nur Ärger. Ich kann ja verstehen, Kevin, dass du an dem Hund hängst. Aber stell dir vor, was das

Viech frisst! Wir fahren auch mal in den Urlaub oder zu Tante Elfriede, erst recht zu Oma, die von Hunden so viel hält wie von der derzeitigen Politik der Bundesregierung, was dann?"

„Er ist kein Affenpinscher", protestierte Kevin. „Hunde sind gute Kameraden. Ich nenne ihn ,Mister Zufall', weil ich ihn zufällig gefunden habe. Wenn du willst, trainiere ich ihm sogar das Zeitungsholen an oder lasse ihn deine Pantoffeln ranschleppen."

Der Vater machte eine unwirsche Handbewegung und tischte weitere Argumente gegen die Hundehaltung auf. Schließlich fragte er: „Ist er wenigstens stubenrein? Bei so einer Promenadenmischung weiß man ja nicht, wo man dran ist. Bedenke, dass wir erst vor vier Wochen einen neuen Teppich für das Wohnzimmer gekauft haben."

Der Hund ließ sich widerstandslos beleidigen. Er nahm den Affenpinscher und die Promenadenmischung hin. Als ob es auf Stammbäume ankäme! Er hatte nur Augen für seinen neuen Herrn, der ihm unablässig die langen, braunen Ohren tätschelte.

„Siehst du, ich habe es gleich gesagt, dass Vater dagegen ist", flüsterte die Mutter und strich ihrem Sprössling wie zum Trost mit der Hand über den Kopf.

106

„Dagegen – ich?"

„Ja, wer sonst? Im Übrigen bewundere ich dein Gehör, Alfred. Ich habe dem Jungen sofort erklärt, dass wir den Hund nicht behalten können."

„Ich möchte es nicht gewesen sein, Luise, der Kevin die Freude vergällt. Ich habe Augen im Kopf und sehe, wie sich die beiden mögen. Also, gegen ein paar Tage hätte ich ja nichts einzuwenden. Nur nicht für immer, versteht ihr?"

„Mister Zufall" stimmte in das Freudengeheul ein, das Kevin veranstaltete.

Am übernächsten Tag stand ein Inserat in der Zeitung: *Cockerspaniel und Schwedischer Grauhund entlaufen. Hoher Finderlohn. Telefon 248124.*

Während Kevin in der Schule war, rief seine Mutter die angegebene Telefonnummer an. Die Beschreibung auf „Mister Zufall" passte aufs Haar. Der Hundehalter war heilfroh, wenigstens eines seiner zwei Tiere wiedergefunden zu haben, die beim Morgenspaziergang in den Flussauen einem aufgeschreckten Hasen nachgejagt waren und nicht zurückgefunden hatten. Der Eigentümer wähnte sie bereits in den Fängen von Hundefängern. Man verabredete sich für den nächsten Tag, dann sollte die Übergabe des Tieres erfolgen.

Der Schulbus hielt auf der anderen Straßenseite. Unter der Haustür standen der Besitzer des Cockerspaniels und Kevins Mutter.

„Die Trennung wird schwer für ihn werden", sagte sie, während sie ihrem Sohn zuwinkte, der über den Zebrastreifen kam. In diesem Augenblick sauste der Hund zwischen den Beinen der beiden Menschen hindurch quer über die Straße auf Kevin zu.

„Mister Zufall!", rief der Junge und streichelte das mit dem Schwanz wedelnde Tier, das sich ungestüm an ihn drängte und vor Freude jaulte.

„Er ist es nicht", sagte der Hundebesitzer ernst.

„Was, der Cockerspaniel ist nicht ...?"

„Nein. Er ist nicht mein Hund. Wie hat Ihr Sohn ihn genannt?"

„‚Mister Zufall', aber was soll das? Der Hund hat Sie vorhin doch zweifelsohne erkannt?"

„Ach, Hunde mögen jeden, der gut zu ihnen ist. Und Ihr Sohn ist gut zu dem Tier, zu ‚Mister Zufall'." Der Mann lächelte.

„He, Kevin", sagte er dann, „so wie eben, bei der Begrüßung, so muss es immer sein, nicht wahr?"

Spätabends, als Mister Zufall längst Kevins Schlaf bewachte, rief der Vater beim Hunde-halter an. „Das war schon eine merkwürdige Begegnung heute, von der mir meine Frau be-richtete. Sagen Sie, ist der Cockerspaniel wirk-lich nicht Ihr Hund?"

Einen Augenblick herrschte Schweigen.

„Ich habe mich geirrt. Das kann – Sie werden verzeihen – schon mal vorkommen. Zuerst dachte ich, es sei mein Hund. Aber als ich Ih-ren Sohn mit seinem verkürzten Bein hinkend über die Straße kommen sah und seine Freude beim Anblick des Tieres bemerkte – da wusste ich plötzlich, dass ich mich geirrt hatte. Las-sen Sie dem Jungen dieses Glück!"

Ein leises Knacken in der Leitung verriet, dass der Mann das Gespräch beendet hatte.

Am Donnerstag stand wieder eine Anzeige in der Tageszeitung: *Schwedischer Grauhund entlaufen. Hoher Finderlohn. Telefon 248124.*

Erinnerungsreiche Reisen in die Vergangenheit

Willi Fährmann

Als Oma das Papier noch bügelte

Erlebte Geschichten

128 Seiten
Gebunden
ISBN 978-3-7666-0899-4

Von Willi Fährmann stammt der Satz: „Lesen ist wie Reisen." Als Kind war ihm das wirkliche Reisen nicht vergönnt. Man war nicht reich, allenfalls kinderreich. Fährmanns Geschichten aus der damaligen Zeit sind gleichsam Reisen in die Vergangenheit …
Geschichte in Geschichten zu verpacken, damit Vergangenes nicht vergessen wird, ist eine Kunst, die kaum einer so beherrscht wie Willi Fährmann. Gewiss – heute gibt es Computer, die Daten und Fakten speichern, aber einer muss erzählen, was war. Und eines steht fest: Jahreszahlen sind schnell vergessen, aber Geschichten, die weitererzählt werden, vergisst keiner so schnell.

Butzon & Bercker Kevelaer

www.bube.de

Freuden und Mühen des Lebens vor 100 Jahren

Willi Fährmann

Als Oma noch mit Kohlen heizte

Geschichten aus der guten alten Zeit

104 Seiten
Gebunden
mit Lesebändchen
ISBN 978-3-7666-1715-6

In den Geschichten dieses Buches, gedruckt in gut lesbarer Schrift, lässt Willi Fährmann die Zeit vor 100 Jahren lebendig werden. Anschaulich erzählt er, wie Omas Ideenreichtum ihr eigenes Leben und das der Mitmenschen angenehmer machte – sei es zum Beispiel durch eine Brücke aus Eis über den winterlichen Rhein oder durch kleine Tricks beim Kochen, um mit wenigen Lebensmitteln eine Mahlzeit für viele Personen zu zaubern. Eine einzigartige Reise in eine Zeit, in der das Leben entbehrungsreich, dafür aber umso bodenständiger und weniger hektisch war.

Butzon & Bercker Kevelaer

www.bube.de